全椒古代典籍叢書

楊于庭集 1

（明）楊于庭 撰

政協全椒縣委員會 編
國家圖書館出版社

圖書在版編目(CIP)數據

楊于庭集:全五册 / (明)楊于庭撰. 政協全椒縣委員會編. —北京:國家圖書館出版社,2020.12
(全椒古代典籍叢書)
ISBN 978-7-5013-6964-5

Ⅰ.①楊… Ⅱ.①楊…②政… Ⅲ.①古典詩歌—詩集—中國—明代 Ⅳ.①I222.748

中國版本圖書館 CIP 數據核字(2020)第 017949 號

ISBN 978-7-5013-6964-5

國家圖書館出版社
官方微信

書　　名　楊于庭集(全五册)
叢 書 名　全椒古代典籍叢書
著　　者　(明)楊于庭　撰　政協全椒縣委員會　編
項目統籌　殷夢霞
責任編輯　張愛芳　張慧霞　司領超
封面設計　翁　涌

出版發行　國家圖書館出版社(北京市西城區文津街7號　100034)
(原書目文獻出版社　北京圖書館出版社)
010-66114536　63802249　nlcpress@nlc.cn(郵購)
網　　址　http://www.nlcpress.com
排　　版　中睿智成(北京)科技有限公司
印　　裝　北京華藝齋古籍印務有限公司
版次印次　2020年12月第1版　2020年12月第1次印刷

開　　本　710×1000　1/16
印　　張　111.75
書　　號　ISBN 978-7-5013-6964-5
定　　價　1500.00圓

《全椒古代典籍叢書》學術委員會

主　　任：朱萬曙　黄靈庚

委　　員（按姓氏筆畫排列）：

王達敏　杜桂萍　苗懷明　周興陸

胡　敏　陳水雲　徐雁平　張　劍

裘新江　魯小俊　魏俊傑

《全椒古代典籍叢書》編審指導委員會

名譽主任：朱大綱　楊　光

主　　任：董光林

副 主 任：姚本山　張　華　姜志山　宇慶忠

馬宣傳　李　敬

總序

皖東全椒，地介江淮，壤接合寧，古爲吴楚分野，今乃中部通衢，建置歷史悠久，文化底蕴深厚。據《漢書·地理志》載，全椒於漢高祖四年（前二〇三）置縣，迄今已逾二千二百二十年。雖屢經朝代更替，偶歷廢易僑置，然縣名、治所乃至疆域終無巨變。是故國史邑乘不絶筆墨，鄉風民俗可溯既往，遺址古迹歷然在目，典籍辭章卷帙頗豐。

有唐以降，全椒每以文名而稱江淮著邑。名臣高士時聞於朝野，文采風流廣播於海内。本邑往哲先賢所撰經史子集各類著作并裒輯之文集，於今可考可見者，凡數百種一百七十餘家。其年代久遠者，如南唐清輝殿學士張洎之《賈氏譚録》、宋代翰林承旨吴幵之《優古堂詩話》《漫堂隨筆》；其聲名最著者，如明代高僧憨山大師（釋德清）之《憨山老人夢游集》、清代文豪吴敬梓之《儒林外史》；　至於衆家之鴻篇巨制、短編簡帙，乃至閨閣之清唱芳吟，舉類繁複，不一而足。又唐代全椒鄉賢武后時宰相邢文偉，新舊《唐書》均有其傳，稱以博學聞於當朝，而竟無片紙傳世，諸多文獻亦未見著録其作；　明代全椒鄉賢陽明心學南中王門學派首座戚賢，辭官歸里創南譙書院，經年講學，名重東南，《明史》有傳，然文獻中唯見其少許佚文，尚未見輯集。凡此似於理不合，贅言書此，待博見者考鏡。

雖然，全椒古爲用武之地，戎馬之鄉，兵燹頻仍，紳民流徙，兼之水火風震，災變不測，致前人之述作多有散佚。或僅見著録下落不明，或流散異鄉束之高閣，且溯至唐代即疑不可考，搜於全邑亦罕見一帙……倘任之如故，恐有亡失無徵之虞，亟宜博徵廣集，歸整編次。前代鄉先輩未嘗不欲求輯以繼往開來，然薪火絶續，非唯心意，時運攸關。

今世國運昌隆，政治清明，民生穩定，善政右文，全民呼應中華民族復興，舉國實施文化强國戰略。全椒縣政協準確把握時勢，以傳承發展中華優秀傳統文化爲己任，於二〇一七年發軔擔綱編纂《全椒古代典籍叢書》，獲全椒縣委、縣政府鼎力支持，一應人事財力，適時調度保障。二〇一八年十月，古籍書目梳理登記及招標采購諸事宜甫定，即行實施。

是編彙集宋初至清末全椒名卿學士之著述，兼收外埠選家裒集吾邑辭章之文集，宦游者編纂他邑之志書則未予收録。爲存古籍原貌，全套影印成册。所收典籍底本，大多散落國内各省市、高校圖書館及民間收藏機構，或流落海外，藏於日英美等異邦外域。若依文獻目録待齊集出版，一則耗時彌久，二則亦有存亡未定者，恐終難如願。爲搶救保護及便於閲研討，是編未按經史子集析分門類，而以著述者個人專題分而輯之，陸續出版。著多者獨自成集，篇短者數人合集，多則多出，少則少出，新見者續出。如此既可權宜，亦不失爲久遠可繼之策。全椒古籍彙集編纂，史爲首舉。倉促如斯，固有漏失，非求急功近利，實乃時不我待。拾遺補闕，匡正體例，或點校注疏，研發利用，唯冀來者修密，後出轉精。

賴蒙國家圖書館出版社承影印出版之任，各路專家學者屬意援手，令尋訪古籍、採集資料、版本之甄别、編纂之繁難變而稍易。《易》曰：『二人同心，其利斷金。』君子共識而遇時，其事寧有不濟哉？

文化乃民族之血脉，典籍乃傳承之載體。倘使吾邑之哲思文采，燭照千秋，資鑒後世，則非唯全椒一邑獨沾遺澤，亦可忝增泱泱中華之燦爛文明以毫末之光。編次伊始，略言大要，勉爲是序。全椒末學陸鋒謹作。

《全椒古代典籍叢書》編纂委員會

二〇一八年十月

前言

楊于庭（1554—1609），初名雲齊，字道行，號沖所，安徽全椒人。楊于庭之生卒年未有明確記載，如《歷代安徽詩文名家别集叙録》等皆稱其生卒年不詳，衹著録其中進士之時間。《楊道行集》卷二十四《封奉直大夫山東東昌府濮州知州先考渭川公行略》中謂：『明年甲寅，子于庭生。』此篇乃楊氏所撰亡父傳略，誠然可信。甲寅年爲明嘉靖三十三年（1554），［泰昌］《全椒縣志》載其『年五十六』，因此推斷楊氏卒於明萬曆三十七年（1609）。

楊于庭自小聰慧非凡，十二歲入邑庠，十四歲享受廪生待遇，二十七歲即高中進士。先後任濮州知州、户部員外郎，官至兵部職方司郎中，卒贈尚寶少卿。楊于庭所到之地，頗有政聲。值寧夏及倭寇之亂時，楊于庭多方出謀劃策，及事平，因他行爲耿直，『而竟中察典，與虞淳熙同罷歸』。晚年與鄒觀光等人成立詩社，飲酒賦詩。歸鄉後倡導講學之風，建大觀書院，該書院爲全椒歷史上最早的書院之一。

楊于庭一生足迹遍布全國各地，至今仍有多處關於他的碑刻。《楊于庭岳王祠詩碑》現陳列於杭州岳廟南碑廊内，碑高四十四厘米，寬六十八厘米，十行，草書。内容爲楊于庭所撰《岳王祠》詩。碑係同一時期湯沐所刻。詩碑内容爲：『王業神州已陸沉，將軍祠墓肅陰陰。和戎社稷渾無策，報主乾坤祇此心。原草尚含南向恨，塞鴻空斷北來音。可憐十二金牌詔，父老攀留泪滿襟。淮南楊于庭門生湯沐刻石。』楊于庭詩文俱佳，其詩被選入陳田輯《明詩紀事》，其文亦入選周良工所編《尺牘新鈔》。楊于庭詩風激越，尤其是五言古詩，被四庫館臣評爲『時露清挺』。

楊于庭撰有《楊道行集》《春秋質疑》《詩經主義》。因《詩經主義》見藏於臺灣『中央研究院』歷史語言研究所，因爲各種原因，此次無法收編，故本次《楊于庭集》僅收録《春秋質疑》和《楊道行集》，相信這將對楊于庭的研究有一個整體的觀照。

《全椒古代典籍叢書》編纂委員會

二〇二〇年十二月

凡例

一、此集收録文獻三種，成書五册，乃楊于庭著述之合集。

二、本集所收之書，另撰提要置於全書之前。

總目録

第一册

第二册

第三册

第四册

第五册

提要

一、春秋質疑

《春秋質疑》十二卷，明楊于庭撰，民國遠碧樓劉氏鈔本。遠碧樓乃劉體智藏書樓，故此書乃劉氏鈔本。是書徑從《四庫全書》抄出，主要爲闡發辨正胡安國《春秋傳》之作。據楊氏自序，稱胡安國《春秋傳》議論有失公允，於《左傳》《公羊傳》《穀梁傳》之批評亦有失當處，於《春秋》大義相合者十分之七，不合者十分之三，故著此書以述其不合者。據四庫本此書凡例，有三不述：楊氏以爲《胡傳》爲確論者不述，《胡傳》采《左傳》《公羊傳》《穀梁傳》與《胡傳》駁三傳適當者不述。有四述：楊氏以爲《胡傳》有疑者述之，《胡傳》駁三傳有不當者述之，義不係褒貶而其事可證古今觸議論參述之，三傳與《胡傳》語殊，雖不係褒貶而有糾誤者述之。每篇之後，皆有《附録》。凡此之類，議論多精確可取。

二、春秋質疑

《春秋質疑》十二卷，明楊于庭撰，民國二十四年（1935）上海商務印書館《四庫全書珍本初集》影印本。此書原有明萬曆二十八年（1600）刊本，乾隆時編修《四庫全書》即據此寫刻。民國二十三年中央圖書館籌備處編纂《四庫全書珍本初集》，又以乾隆四庫本爲底本影印，以成是編。是書前有牌記謂『商務印書館受教育部中央圖書館籌備處委托景印故宫博物院所藏文淵閣本』。鈐有『國立中央圖書館籌備處之章』。卷首有欽定《四庫全書》提要，其後爲楊于庭自序及邱應和序。序後有凡例四條，可明本書撰寫例則。卷一及卷六之端皆有『文淵閣寶』印章。此集虽已收入民國遠碧樓劉氏鈔本，然此本刊刻精良，特收録之，足可備版本流別之資也。

三、楊道行集

《楊道行集》三十三卷，明楊于庭撰，明萬曆二十三年（1595）季東魯、湯沐刻本。是集爲楊氏自編，其詩由何景明、李夢陽之門徑入，疑爲擬作，故於騷體、樂府、古詩等，皆不出其窠臼。惟五言古詩時露清挺，本色尚存。如《對月懷余宗漢》：『愁緒亂如絲，思君對月時。自知無住著，不復怨睽離。魄落仍呼酒，神來但賦詩。八壺山色好，頭白是歸期。』因余宗漢爲萬曆中門户交争之受害者，楊氏『故憤鬱不平，屢形篇咏』。楊氏詩多怨激之音，然『事殊屈子，而怨甚行吟，未免失之過激。與風人温厚之旨，爲有間矣』。

第一册目録

（明）楊于庭 撰

春秋質疑十二卷

民國遠碧樓劉氏鈔本

欽定四庫全書總目　經部五

春秋質疑十二卷　春秋類

提要

明楊于庭撰于庭字道行全椒人萬歷庚辰進士此書之旨以胡安國春秋傳意主納牖褒諱抑損不無附會於春秋大義合者十七不合者十三又于左氏公穀或採或駁亦不能悉當因為條摘論列之如胡氏謂春王正月乃以夏時冠周月于庭則引禮記孟獻子曰正月王可以有事於上帝七月王可以有

事於其祖證日至之為冬至即知周以子月為正月又胡氏謂經不書公即位為未請命於王于庭則引文公元年春王正月公即位越四月天王使毛伯來錫公命成公八年秋七月天子使召伯來錫公命據此則錫命皆在即位之後數年或數月可知前此之未嘗請命而皆書即位胡說未可通又胡氏以從祀先公為昭公至始得從祀於太廟于庭則為季氏靳昭公不得從祀其事不見於三傳至馮山始創言之胡氏不免於輕信凡此之

遠碧樓劉氏寫本

類議論多精確可依據云乾隆四十九年四

月恭校上

遠碧樓劉氏寫本

春秋質疑原序

自公羊氏穀梁氏出而左氏紬自胡氏列之學宫而公穀亦紬然其徵事不于盲史乎其參訂不于二氏乎而若之何華衮也斧鉞也一切尸祝胡氏而亡敢置一吻也蓋孔子晚而作春秋其微者使弗知也即知之弗使告也而七十子竊聞之則退而私論之盲史掌故而高與赤亦西河之徒也耳而目之而猶以為如天地之摹繪焉而不得而況乎生于千百世之下而姑臆之乎胡氏矻矻摘三傳之纇而擷其華語多創獲其于筆削之義邇矣然其議論務異而其責人近苛間有勦公穀而

失之者以王子虎為叔服公孫會自鄸出奔之類是也亦有自為之說而失之者卒諸侯別于內而以為不與其為諸侯滕自降稱而以為朝桓得貶之類是也庭少而受讀嘗竊疑之歸田之暇益得臚列而虛心榷焉榷之而合者什七不合者什三則筆而識之而質疑所繇編矣博士家謂三傳出而春秋散而胡氏執牛耳也呂不韋懸書于市而詒之曰更一字者予千金此必不得之數也夫既列胡氏于學官而噤左公穀之口是懸之市也既懸之市而余猶置一吻于其間是吾家子雲老不曉事而恨不手不韋之金以歸也蓋漢人之祀天也

遠碧樓劉氏寫本

以牛彝人之祀天也以馬而天固蒼蒼也祀以牛以馬不若以精意合也夫不以精意求聖人而執胡氏詆左公穀是祀天而或以牛或以馬也茲余所繇疑也萬歷己亥春王正月穀旦楊于庭序

遠碧樓劉氏寫本

欽定四庫全書

春秋質疑卷一

明 楊于庭 撰

隱公

春王正月上

胡氏曰周以建子為歲首則冬十有一月是也建子非春乃以夏時冠周月者此所謂行夏之時而見諸行事之驗也余曰非也藉令建子建丑而遂以子丑之月為春則胡氏之說非也若但以子丑之月為歲首而仍以寅為春則胡氏之說亦非也何言乎以子丑之月為春

而胡氏之說非也史伯璿曰行夏之時時者兼春夏秋冬而言之者也既有所謂夏之時則必有所謂商之時周之時矣夏之時以建寅之月為春則周之時必以建子之月為春矣若周之時春亦建寅無異于夏則又何必曰行夏之時哉余按果如此說則是周人建子即以子為春而所謂春王正月者乃孔子從周而不變而杜預所謂所用之歷即周正者此也安在其行夏之時而見諸行事之驗乎故曰建子建丑而遂以子丑之月為春則胡氏之說非也何言乎以寅為春而胡氏之說亦非也伊訓惟元祀十有二月蔡沈曰商建丑故以十二

遠碧樓劉氏寫本

月為正三代雖正朔不同然至于紀月之數皆以寅為首非獨蔡沈有是論也胡氏亦曰前乎周者以丑為正其書始即位曰惟元祀十有二月則知月不易也后乎周者以亥為正其書始建國曰元年冬十月則知時不易也建子非春明矣愚按果如此言是周人雖以子為歲首而至于春夏秋冬則未嘗不以寅為序初非以冬為春春為夏夏為秋秋為冬也至仲尼作春秋乃冠夏時于周月之上而以冬為春是本欲行夏之時而反紊亂天地四時之序大不若建子建丑而仍以寅為春者之為妥矣故曰以寅為春而胡氏之說亦非也然余嘗

考左傳僖公五年春王正月辛亥朔日南至註曰冬至也隱九年三月癸酉大雷震電桓十有四年春正月成元年二月無冰桓八年冬十月雨雪定元年冬十月隕霜殺菽皆以為災而特書之則信乎以十一月為正月矣總之以冬為春者乃魯史從周而聖人因之而不變正所謂今用之吾從周者也至于告顏子以行夏之時則又斟酌百王所謂某有志焉而未之逮者與此正不相妨也以為冠夏時于周月之上則鑿矣

春王正月中

或問于余曰夏時冠周正此非獨胡氏之言而程子之

遠碧樓劉氏寫本

言也程子曰周正月非春也假天時以立義耳余應之曰理有不可從者尚書序漢儒以為孔子所作今猶議之況程子乎夫春王正月此夏正之十一月也以十一月為正月而遂以為春此周正也魯人世遵之者也非本無此事而孔子創為之者也何以明其然也禮記明堂位曰季夏六月以禘禮祀周公于太廟雜記孟獻子曰正月日至可以有事于上帝七月日至可以有事于其祖夫日至者冬至也七月日至者夏至也魯本以季夏六七月禘至孟獻子改為七月故人曰七月而禘獻子為之也則是魯人明以建巳之月為季夏矣既以建巳

之月為季夏則建子非春而何故曰以冬為春此周正
也魯人世遵之非孔子創為之者也十一月可以為春
乎曰何不可也春之為言蠢也萬物蠢蠢然動也一陽
初生管灰吹動即以為春何不可也總之天開于子地
闢于丑人生于寅以故三代迭用之然非自三代始也
甘誓曰怠棄三正則自唐虞以前固有建子建丑者矣
特以歷起于子丑終不如建寅者為盡善故孔子獨取
夏時焉而非謂建子丑為不可也惟秦以建亥為歲首
則不過區區厭勝之術而其去三正之義遠矣或為與
其託之空言不若見之行事則以夏時冠周正不亦可

遠碧樓劉氏寫本

乎余應之曰行夏之時此平日論為邦則然非謂纂修國史可遽改也信如胡氏之説使聖人修輿服志改周輅為殷輅乎修禮樂書改武舞為韶舞乎春秋一書本為亂臣賊子而作所紀之王周王也所列之諸侯周諸侯也所用之正朔周正朔也若以夏時冠于周月之上是先并時王冬春之序而黜之而已之無王亦已甚矣又何以討亂臣賊子乎

春王正月下

春秋尊王乎曰然曰隱公元年平王之四十九年也書法宜曰王四十九年春正月而今年用魯月用周者何

也以是推之是年齊僖公祿父必自稱九年晉鄂侯郄必自稱二年曲沃莊伯鮮必自稱十有一年衛桓公完必自稱十有三年蔡宣公考父必自稱二十有八年鄭莊生公寤生必自稱二十有二年曹桓公終生必自稱三十有五年陳桓公鮑必自稱二十有三年杞武公必自稱二十有九年宋穆公和必自稱七年秦文公必自稱四十有四年楚武王熊通必自稱十有九年傳曰先王建萬國以親諸侯又曰周之初封千八百國夫千八百國必千八百元年也紛紛不同尚謂大一統歟余應之曰古者諸侯國必有史史必以其君即位之歲紀元元

遠碧樓劉氏寫本

年春正月者魯史也元年春王正月係之王者聖人之特筆也晉之乘楚之檮杌魯之春秋皆史也則皆以其國君紀元者也至如稱于天子曰朝曰聘稱于友邦曰聘曰朝曰盟曰會曰遇曰納幣曰胥命未有不用天子之正朔而紛紛自紀其元者何以明其然也臯鼬之盟將長蔡于衛也祝佗舉踐土之舊以爭之曰其載書云王若曰晉重魯申衛武蔡甲午鄭捷齊潘宋王臣莒期夫觀異姓必列于同姓之後則其舉周正以號令諸侯也審矣唯吳楚僭王則其盟會必有自紀其年而不用天子之正朔者此春秋所以亟斥之也歟

不書即位

穀梁之言是也按惠公元妃孟子卒繼室以聲子生隱公宋武公生仲子仲子生而有文在其手曰爲魯夫人故仲子歸于我生桓公禮諸侯不再娶仲子于惠公不過妾耳有文在手安知非附會乎而又安得遂以爲夫人乎隱桓均之乎庶而隱公兄也桓公弟也立庶以長桓公安得立隱公又安得成先君之志而欲與桓哉禮人子從治命不從亂命先君之欲與桓亂命也從亂命而遂以與桓此劉愷丁鴻區區之行聖人所不與也故不書即位胡氏謂上不稟命于天子故不書然春秋之

遠碧樓劉氏寫本

書公即位者多矣豈曾稟命天子哉

天王使宰咺來歸惠公仲子之賵　天王崩

武氏子來求賻

襃救衞則王人子突以下士而書字貶歸賵則宰咺以
冡宰而書名春秋之予奪嚴矣然以天王之加禮于魯
如此而比其崩也不奔其喪不會其葬恝然若行道之
人焉于是武氏子求賻而魯若罔聞知也是尚有人心
乎穀梁曰周雖不求魯不可以不歸魯雖不歸周不可
求曰來求賻交譏之也得其旨矣

宋公和卒

胡氏曰諸侯曰薨大夫曰卒五等邦君而書卒者周室東遷諸侯專享其國而上不請命故聖人因其告喪特書曰卒不與其爲諸侯也苟乎是棄厌于道者有刑耳孟子曰子以爲有王者作將比今之諸侯而誅之乎抑教之不改而後誅之乎夫二百四十九年之間豈無一人請命于天子者而何以概書卒也然則何居曰春秋魯史也内卒曰薨外諸侯卒曰卒

葬宋穆公

胡氏曰宋殤齊昭書弑不書葬討其賊也晉景公葬止公故不書諱其辱也吴楚之君不書葬避其號也余曰

是也胡氏又曰魯宋盟會未嘗不同而三世不書塟治其罪也余曰非也桓公未葬而襄公會諸侯入春秋亦有陳子會溫之例何至并其父葬而削之乎襄公成公並無大罪所云治其罪者何罪也然則三世不葬者何也桓公成公魯或不會或史失之襄公死于泓為中國諱也

葬衛桓公

胡氏曰衛本侯爵何以稱公見臣子之不請于王而私自謚爾余曰非也桓公父莊公莊公父武公即所謂抑戒睿聖者以是知衛之稱公久矣諸侯生從其爵卒則

稱公此孝子慈孫之用心聖人所因而不革何謂請命
不請命乎即使請命而天王亦不能以初封之爵稱之
矣胡氏又曰失位而見弒何以為桓忠孝者不忍為也
然嘗考之春秋衛侯完並無失德直以州吁有寵于先
公而阻兵安忍其見弒也亦不幸耳豈有幽厲之惡而
可以惡謚加之乎
　齊侯使其弟年來聘
齊侯使弟年來聘鄭伯使弟語來盟此亦據其事而書
之非貶之也以為譏其有寵愛之私者鑿也
附録

有文在手為魯夫人左氏之誣也桓幼而貴隱長而卑公羊之妄也然則隱何以不書即位曰吾從穀梁

邾儀父附庸也例稱字左氏以為貴之公羊以為與公盟而褒之穀梁以為男子之美稱失其旨矣

鄭伯克段于鄢左氏曰段不弟故不言弟如二君故曰克稱鄭伯譏失教也噫備矣鄭伯曰寡人有弟不能和協而使糊其口于四方公穀皆以為殺何據

宰咺歸賵仲子卒矣左氏以為未薨豫凶事非也穀梁以為惠公之母孝公之妾非之非也

入極造其國都也非滅也公穀以為滅同姓非也無

駭卒未賜族也以為惡滅極而削其族尤非也

尹氏卒左氏作君氏聲子也然哀公之母定姒書卒書塟聲子何以不書葬以是知其非聲子也天王崩公羊以為天子記崩不記塟故不書則桓襄匡簡景之志崩又志塟何也

鄭伯不王天下之惡一也而左氏曰周鄭交惡是夷周于諸侯也甚矣其憯于冠履之分也

宋穆公舍其子而立與夷左氏曰宋宣公可謂知人之矣立穆公其子饗之命以義夫君子曰否公羊氏曰君子大居正宋之禍宣公為之也

衛人立晉惡其無王命父命而擅置其君也然當是時王命固絕望矣苟有父命則猶可也故于齊陳乞弒荼發之荼固有父景公之命也然亂倫干討則雖以父命不能抗王命故又于衛侯朔發之朔雖有父宣公之命而四國納之則貶王人救衛則褒以王命不與其為諸侯也然王命雖重苟非制命以義亦將壅而不行故又于首止之盟發之以見天子之私愛可奪而大義不可搖此所謂大居正也

考仲子之宮曰仲子不與其為夫人也不與其為夫人則桓公之自以為當立與隱公之欲讓桓皆非也取

郜取防左氏以為鄭莊公于是乎可謂正矣以王命討不庭不貪其土以勞王爵正之體也噫不能三年之喪而緦小功之察惡乎正入許而不取使大夫百里奉許叔居東偏左氏以為鄭莊公于是乎有禮許無刑而伐之服而舍之度德而處之量力而行之可謂知禮矣噫放飯流歠而問無齒決惡乎知禮

欽定四庫全書

春秋質疑卷二

明 楊于庭 撰

桓公

滕子來朝

滕侯爵也降而稱子胡氏以為朝弑君之賊而黜之非也自桓二年以至于定哀之世滕或卒或會或盟或來朝或會葬止稱子春秋之法惡惡止其身若以為朝桓得貶何故并其二百餘年之子孫而盡削之乎則聖人亦太苛矣然則書滕子者何也曰滕本小國自入桓以

來其君不能用侯禮自比子男故聖人因而稱子亦如
杞伯用夷禮稱杞子也若其朝弒君之賊則直書來朝
而惡自見矣

公子翬如齊逆女

隱公世翬再帥師不曰公子此曰公子翬者何也翬為
桓弒隱故春秋以此為桓公之公子翬耳

州公如曹　寔來

一州公實也以公禮如曹則書州公夫國而不返則書
實以此見有天下國家者不可一日而不以禮自强而
古之帝王所以兢兢業業一日二日萬幾者以此孟子

遠碧樓劉氏寫本

斥紂為獨夫說者曰一日之間天命未絕則為天子一日之間天命已絕則為獨夫繇州公實之事觀之可見矣故桓十一年鄭忽出奔衛莊二十四年曹羈出奔陳夫忽羈皆君之世子君卒而國固其國也不能自立至于出奔而春秋直斥曰忽曰羈豈不與實來之義觸類哉

子同生

國君生子恒事耳春秋十二公獨桓公書子同生何也謹之也于是文姜淫周公之血嗣不可不謹也

穀伯綏鄧侯吾離來朝

諸侯不生名來朝而名左氏以爲賤之者是也何賤乎
陋而雜夷不能行朝禮焉耳胡氏以爲朝弒君之賊故
貶而書名然僖二十九年經兩書介葛盧來豈亦以其
朝弒君之賊而名之乎又況同一朝桓也滕侯則貶而
稱子至併其二百餘年之胄而不貫穀伯鄧侯斥而書
名比于失地滅同姓者然其視滕侯之罰則少輕矣邾
人牟人葛人小國稱人者常事也春秋聖人之刑書信
如胡氏之說何其酷罰于滕繼罰于穀鄧而獨恕于邾
牟葛乎則聖人之刑亦頗矣然則朝桓無貶乎曰相率
而朝弒君之賊此直書來朝而惡自見者也

遠碧樓劉氏寫本

亡秋冬二時

桓之春正月無王也定之春王無正月也胡氏以為聖人削之而余信以為然也桓七年之亡秋冬二時也胡氏亦以為聖人削之而余不敢以為然也然則何也曰此夏五郭公之類而孔子所謂吾猶及史之闕文也若以為弒君之賊天王及諸侯莫能討其罪者故削秋冬二時以示法然定之十四年經有秋而無冬杜預曰史闕亦將引胡氏討賊之說而曲解之乎且二百四十九年之間弒君之賊亦多矣而何獨于桓削二時也

盟于折　會于夫鍾　于闞　盟于穀邱　會

于虛　于龜　及鄭師伐宋

屢盟而遽伐其國無信不獨宋矣沒公諱之也孟子所謂行有不得者皆反求諸己此王者之事寡怨之方也

許叔入于許

許本無罪齊鄭以强逐之今乘鄭亂復入于許故聖人因而書之曰入于許者無貶無褒之辭且以明夫向不得入而今始得入亦以甚逐者之罪也胡氏謂宜上告天子下告方伯而後入此與揖讓而救火何異焉

葬蔡桓侯

桓侯謚侯胡氏以為獨請謚也按春秋二百四十九年

之間止一桓侯謚如其爵其餘雖曹伯薛伯杞伯滕子許男之屬亡不謚公者豈無一人請謚于天王乎胡氏以為周衰諸侯皆不請謚然齊自太公魯自魯公歷十餘世而入春秋亡不謚公者齊哀公以紀侯之譖為周所烹尚稱曰公周天子之威既可以烹大國之君而亡忌豈容其不請謚乎陳起胡公申公世世謚公或曰陳王者之後得謚為公然春秋止書陳侯不曰陳公也鄭止伯爵桓公卒于未東遷之前當時禮樂征伐尚自天子出何得不請謚而亦謚曰公乎然則死而謚公者乃公侯伯子男之通稱矣桓侯之稱侯何也曰傳失之也

晉仇何以稱文侯曰晉自唐叔而後世世稱侯至武公
而始謚公也則命文侯而不曰公者仍其稱也

薨我君桓公

弑不書薨薨我君桓公譏莊公之忘父讐也傅曰讐在
外者外也

附錄

宋督弑君左氏曰君子以督爲有無君之心而後動
于惡故先書弑其君取郜大鼎于宋納于太廟左氏
曰君人者將昭德塞違以臨照百官而置其賂器于
太廟其又何誅焉國家之敗由官邪也官之失德寵

遠碧樓劉氏寫本

賂章也聖人復起不易斯言矣

穀梁以為桓不書王書王為正宋公與夷曹伯終生之卒又以為孔父父字也不名孔子為祖諱也皆曲說也

宰渠伯糾公羊以為下大夫非也

蔡人殺陳佗討弒君也公穀以為佗淫于蔡蔡人不知其為陳君也而殺之舛矣

焚咸邱魯地也書焚譏掩羣也公穀以為邾婁之邑非也

宋人執鄭祭仲穀梁曰宋公稱人貶之也胡氏曰蔡

仲不名命大夫也曰執責祭仲也得其旨矣公羊以為賢祭仲為知權何居且自反經合道為權之說出而世儒始有決裂名檢以濟其私者

突不書鄭突不當有鄭也忽書鄭忽當有鄭也當有鄭而名之何失國之辭也知突不當有鄭則庶孽不可萌奪嫡之心知忽以失國而書名則人君不可不自强于為善

欽定四庫全書

春秋質疑卷三

明 楊于庭 撰

莊公

不書即位

父仇未報正人子枕戈嘗膽之時而莊公且訑訑焉為之主王姬為之伐同姓為之狩于禚其忘親事讐亦已甚矣削不書即位譏之也胡氏以為内無所承上不請命者迂也

紀季以酅入于齊 紀叔姬歸于酅 紀叔姬卒

有紀季以酅入于齊而後紀叔姬可歸于酅何者五廟在也微紀季則宗廟毀矣叔姬安歸乎以是知季之于祖禰也孝于姑姊妹及酅人也仁于利害存亡之際也智特書字嘉之也非但亡貶而已春秋卒內女皆諸侯之夫人也叔姬非夫人特伯姬之媵妾耳而伏節守義不以國亡虧婦道故聖人筆之于經以愧天下後世之爲人臣妾而有二心者紀已亡矣而書紀叔姬叔姬固紀之叔姬也朱子作綱目韓已亡而張良書韓人晉已亡而陶潛書晉徵士得春秋遺意矣

紀侯大去其國　齊侯葬紀伯姬

紀侯大去其國憫之也善之也何憫乎紀小而逼于齊齊大而綦于是乎紀季姜歸于京師蓋藉庇于天子矣而天子不能庇紀侯來朝公會紀侯于郕蓋求援于魯矣而魯辭不能公會紀侯鄭伯及齊侯宋公衛侯燕人戰蓋嘗連三國之兵以抗之矣而齊不可以兵恐公會齊侯紀侯盟于黃蓋嘗徼惠魯侯以好會矣而齊不可以好求則為紀侯者所謂亦莫如之何也不得已使其弟以酅入于齊以存五廟而已則委而去之并土地人民儀章器物之屬而棄之如敝屣則其情誠迫而其志誠可悲矣是以聖人存其爵而不書其名以是為善之

也不然失國不返一州寔耳寔何以名又削其爵乎胡氏以為異于太王之去豳而不知太王國于邊方空濶之境雖經屢徙尚可立國春秋之世尺地一民莫不有主紀侯徙將安之執此以責紀侯則又泥矣上書紀侯大去其國而下書齊侯塟紀伯姬正所謂不沒其實甚齊侯之暴于逼紀也桓公弑書公薨而下書夫人姜氏孫于齊公子慶父出奔莒聖人之書法類如此至如塟紀伯姬則所謂不能三年之喪而緦小功之察胡氏譏之備矣

齊人取子糾殺之

遠碧樓劉氏寫本

糾稱子胡氏以為不當殺也甚齊桓也然則魯無貶乎穀梁曰言取病内也猶曰取其子糾而殺之云爾以千乘之魯而不能存子糾以是為公病矣

同盟于幽

許男男也而敘于滑伯滕子之上可見春秋以强弱大小為班不復知有先王之爵矣聖人因而書之蓋傷之也又況滕子稱子距朝桓者已三十餘年何得以一事之失而誅及其子孫乎後倣此

郭公

郭公何曰甲戌己丑陳侯鮑卒及夏五郭公見聖人之

闕疑也必以郭公為郭亡而膚引齊桓公問父老之說非余所敢知也

齊人伐衛衛人及齊人戰衛人敗績

齊稱人貶之也以王命伐衛正也取賂而還非伯討矣故貶而稱人胡氏以為將卑師少者非也

公子牙卒

三傳及胡氏皆以為季友酖之也不書刺善季友也疑者曰公子牙慶父之母弟也慶父欲為亂而牙先以病卒天存魯也夫子雖為魯喜而經無異詞乃皆以為季子之酖夫季子不能誅慶父于弒君之後安能以叔牙

一言之失而遽酖之乎若疑其後爲叔孫則慶父縊死後亦有後况春秋弑君之賊如齊殺無知而其後有仲孫湫宋殺華督而其後有華耦華喜陳殺夏徵舒而其後有夏齧夏區夫豈皆飲酖而許立者吾姑存疑焉

附錄

紀侯大去其國公羊曰不言滅爲齊襄公諱也何諱乎復讐也何讐乎紀侯譖哀公烹乎周九世矣九世可以復讐乎雖百世可也余曰不然季文子欲逐公孫歸父也臧宣叔怒曰當其時弗能治也後之人何罪先王之罰罪人不孥九世而以讐報非矣

糾不係之齊不當立也穀梁以為當可納而不納齊
變而後伐故惡內也非也
宋萬弑君胡氏曰太宰督亦死于閔公之難而不書
身有罪也是也惠伯死于子惡之難而亦削而不書
非君命也非也子惡不書弑為國諱也既諱子惡則
不得不併惠伯諱之矣惠伯何譏焉
鬻拳兵諫自為愛君陋哉左氏之見也自此說一倡
而後世有興晉陽之甲以除君側之惡而託之乎忠
者
君舉必書書而不法後嗣何觀曹劌之諫如齊觀社

也儉德之共也侈惡之大也先君有共德而君納之大惡無乃不可乎御孫之諫刻桓宮桷也男贄玉帛禽鳥女贄不過榛栗棗脩男女同贄是無別也御孫之諫宗婦覿用幣也左氏備矣

曹羈出奔陳赤歸于曹與郭公上下不相蒙也公穀以為赤即郭公謬哉論也以曹殺其大夫而不名為曹羈諱則又舛矣

大夫如他國未有書所為者曰公子友如陳葬原仲譏私交也公穀以為避公子慶父公子牙之難故有所託而如陳謬也

紀叔姬一亡國婦耳歸于酅書卒書葬書紀侯失國猶書大去其國而不名也齊襄公逐人之國夷人之社稷亦云暴矣而内亂禽獸行書會書饗屢見于經南山載驅詩又屢刺焉其後卒死無知之手比之紀侯紀叔姬所得孰多則信乎齊景公之富不如夷齊之貧也

一年而三築臺甚之也繼書冬不雨以是爲無閔民之心矣

欽定四庫全書

春秋質疑卷四

明 楊于庭 撰

閔公

不書即位

公穀以為繼弒君者是也必以為內無所承上不請命者則胡氏之迂也

齊仲孫來

仲孫不名嘉之也何嘉乎齊桓秉魯亂有窺魯之心而仲孫勸以務寧魯難親有禮聖人以是為能存魯也故

嘉之下文所謂齊高子來盟即此意也不書使便益存
魯也若以書來爲交識則高子來盟何以爲美乎既識
之必名之矣

附錄

齊仲孫來仲孫湫也公羊以爲即公子慶父何居
公子頑通于宣姜詩所爲刺鶉之奔奔牆有茨也夫
以庶子而通其嫡母此何等事也而人可強使之者
乎又豈有身爲君夫人母儀一國而人可強使與子
姦者乎左氏曰初惠公之即位也少齊人使昭伯烝
于宣姜不可強之生齊子戴公文公宋桓夫人許穆

夫人則齊東野人之語也

遠碧樓劉氏寫本

春秋質疑卷五

明　楊于庭　撰

僖公

不書即位

公穀以為繼弒君者是也胡氏以為内無所承上不請命迂也

季友敗莒師于酈

檉之會返席未安也而即襲敗邾人之歸師曲在我矣故書曰公敗邾師于偃至如慶父弒君天下之惡一也

莒不以爲罪而受之至是而復伐我以來賂此所謂敵
加于已不得已而應之者尚可以敗之者爲罪乎曰敗
莒師于酈獲莒挐嘉獲之也此與公敗邾師于偃所謂
美惡不嫌同辭胡氏以爲詐謀擒其主將誤矣

夫人姜氏薨于夷齊人以歸　塟我小君哀姜
哀姜與弑二君胡氏以爲齊人殺之可也以尸歸魯不
可也既歸于魯則子無絶母之義不得不以小君塟之
矣余謂哀姜之事與文姜異文姜雖與聞乎弑而諸侯
未聞有討之者莊公親其子也父薨之後又二十有二
年而後薨則雖欲不以小君之禮塟之不可得矣哀姜

奔邾不還義與廟絶齊侯名而殺之于夷諸侯亡不聞者僖公雖厚于嫡母取而薨之足矣何必隆之以小君之禮而祔食于太廟乎故經書齊人以歸譏齊也薨我小君哀姜譏魯也唐張柬之討武氏之亂先儒謂宜執武后于太廟數其罪而賜之死余嘗非之以為中宗親其子而五王又中宗之臣此莊公所不得貶文姜者也然緐斯以誅亦足以證薨我小君哀姜者之為過矣

侵蔡蔡潰遂伐楚

胡氏曰書遂伐楚譏專也謂不請命于天子也伯主之專久矣若以為譏則召陵盟楚何者而非專乎然則書

遂者何也大桓公之伐楚也蔡黨于楚因其嫁蕩舟之
姬之釁而合諸侯以侵之蔡潰而楚已披其黨矣于是
遂聲楚罪而致伐焉所謂以小為大有名之師也故春
秋大之至其不請命于天子則桓之所以止于桓而仲
尼之徒之所不道也

許男新臣卒

卒許男常事爾以為不卒于師于會而亟歸為不知命
則臆說也

晉人執虞公

傳曰不書滅不與滅也其曰晉人執之者猶衆執獨夫

遠碧樓劉氏寫本

云耳然則晉無貶乎先王之制班爵有等晉以侯而執天子之上公而天子不能討方伯不能詰故削而稱人諱之也孟之會楚以子執公則諱國韓之戰秦以伯獲侯則諱人棐林之役趙盾以大夫會諸侯則諱之曰師其意遠矣

禘于太廟用致夫人

用致夫人如史記夜致王夫人之致蓋已死者左氏曰哀姜近之削姓氏貶之也以其與聞乎弑而不宜祔食于先公也若曰成風則成風薨于文公之四年此時尚亡恙縱立以為夫人何曰用致

齊侯小白卒 塟齊桓公

入春秋而王室之衰甚矣然而桓王伐鄭則三國從之四國伐衛納朔則王人子突救之雖不得盡行其志而餘威猶存也宰咺之賵凡伯南季宰糾仍叔子之聘榮叔之錫以魯一國觀之則所以羈縻天下者可知是諸侯猶藉王命以為重也則天子之于諸侯猶未截然扞格苟有能興之者猶足與為政于天下也使齊桓毅然舉太公之履以修周召共和之舊修朝覲聘問之禮為諸侯倡侵伐盟會必歸命于天子然後扶控大小庶邦以問罪于天下如宋萬魯慶父之弑逆則誅之諸侯有

自相侵伐者則討之捍戎于曹攘狄于衛因以責貢于
楚天下有不翕然尊周者乎顧乃强摟諸侯而盟之入
春秋未有書滅者有之自桓公始一曰齊師滅譚再曰
齊人滅遂以誅其首創滅國之罪而至于齊人殲于遂
則直書之以志天道之好還他如伐衛而取賂侵陳而
書人執轅濤塗與次匡救徐之事種種皆聖人所不與
其伐楚也不敢斥其僭王而第舉包茅不入之小者昭
王不返尤為無謂豈非以自反不縮而然乎身死蟲出
至于九月而後塟其德之入人淺矣仲尼之徒無道桓
文之事者以此

邾人執鄫子用之

用鄫子者伯主之虐而書邾人惡邾子之為伯主使也
春秋之法罰并其黨則為惡者懼矣

冬會陳人蔡人楚人鄭人盟于齊

没公不書者何曰罪魯之首于帥中國以會楚也魯周
公之後列國之望也齊桓北杏之會不得魯則諸侯不
親楚顛薄之盟不得魯則宋公不釋魯之為天下重久
矣莊二十八年秋荆伐鄭公會齊人宋人救鄭齊宋師
少將卑而公親會善公之事霸謹也謹于事霸者謹于
尊中國也今桓公甫歿而首帥中國以盟楚使其後楚

遠碧樓劉氏寫本

得執宋公而遂列位陳蔡之上非此會階之乎至公子遂如楚乞師公以楚師伐齊取穀則背近即遠為惡已甚雖欲諱之而不可得矣

宋公茲父卒

宋襄公卒傷于泓故也不書葬傷中國也宋先代之後爵上公繼齊桓為諸侯盟主而楚以蠻夷執之于會又親集刃于其股卒以傷死而諸侯不能救也不亦傷乎春秋有弱其君而不葬者如滕侯宿男之類而魯宋匹敵僖公又曾盟于薄釋宋公則決非恝然于襄公之葬而不使使者其為傷中國亡疑也

天王出居于鄭

天王出既赴告于魯則其入魯未有不知之者也然而不書者何也削之也何削乎削晉文公之納王也何削乎納王納王臣子之常分也而文公振振然矜之于是乎請隧而不與也則又多受田于周至于傍天子之親姻而不顧故仲尼以為不足書也

公會諸侯盟于宋

不曰會楚子而曰會諸侯諱之也何諱乎存中國也

執曹伯　執衛侯　圍鄭

甚矣二伯之忮也以不禮而滅譚以不至而滅遂以一

語不協而執轅濤塗伐陳侵陳者齊桓也以觀駢脅而執曹伯畀宋人以不假道而執衛侯使酖之以不禮而圍鄭者晉文也甚矣其忮也宋藝祖有言塵埃中可識天子宰相則人皆物色之矣此王者之量王者之言也

盟翟泉

沒公而人列國之卿左氏以為卿會公侯胡氏以為盟王子虎余曰兼之也盟處父荀庚孫良夫卻犫者皆沒公則左氏之說何可少也

晉侯重耳卒

請遂名王盟王子虎齊桓之所不敢為也伐曹衛致楚

已私許之復以怨之齊桓之所不屑為也一戰勝楚遂
主夏盟八年之間威加天下齊桓之所不能為也以故
其效彌速道彌畢功彌高事彌譎矣雖然桓公沒而國
大亂晉為盟主百有餘年何也齊桓內嬖如夫人者六
五公子爭而晉文之齊姜賢杜祁又賢以君故讓偪佶
而上之以狄故讓季隗而已次之其家法勝也齊孝庸
駑盟楚于國伐宋伐魯失其據矣晉襄之畧不減于文
既退三强諸侯畏服靈成景厲伐爭諸侯悼公蕭魚幾
于王道其嗣述勝也管仲死齊無人焉晉則狐偃趙衰
先軫隨會郤缺欒書韓厥知罃魏絳之徒代不乏人師

遠碧樓劉氏寫本

武臣力其謀臣勝也晉大于齊諸侯畏之兼斯三者欲
無霸得乎

附錄

齊為伯討哀姜是也惜乎其不能討慶父耳左氏以
為已甚穀梁以為諱殺同姓非也

齊起臨菑距江黄二千餘里而楚不過八九百里楚
悉師方城之外以伐江黄齊救未至而國已斃矣盟
于貫會于陽穀説者皆善齊桓掎角以制楚然嘗考
管仲之言曰江黄遠齊而近楚若伐而不能救則無
以宗諸侯矣桓公不聽其後楚人卒滅黄滅江而中

國末如之何也使王者處此則必修文德以來之不至好大喜功而貽禍與國矣

許男卒劉敞引檀弓曰國君即位而為椑歲一漆之以是知死者古人之所不諱所謂生寄也死歸也漢世猶有古意賈誼上文帝書曰萬歲之後傳之老母弱子將使不寧嗚呼于今亦罕矣雖然令制上即位即營山陵亦即位而為椑意也

楚伐許許男面縛銜璧大夫衰絰士輿櫬楚子問諸逢伯對曰武王克殷微子啟如是武王親釋其縛受其璧而祓之焚其櫬禮而歸之有諸乎曰否好事者

遠碧樓劉氏寫本

為之也按尚書微子若曰我其發出狂吾家耄遜于荒今爾無指告余顛躋若之何其父師若曰商其淪喪我罔為臣僕詔王子出迪我舊云刻子王子弗出我乃顛躋自靖人自獻于先王我不顧行遯蓋微子痛紂將亡已欲與家耄遜遯矣箕子然之以為商固將亡我等無為異國臣僕之理而其勢又不能久居于位蓋昔日我以王子賢而長請立之紂忌之久矣今若不去是我前日之言適害子也為王子計唯有出遯荒野以全宗祀無至顛躋我則當死職而不顧行遯也蓋微子之去不過出遯在野避紂亂豈有抱

祭器而奔周如太史公所云乎祭器藏在太廟微子安得抱之而奔竊爾是春秋所書盜竊寶玉大弓之類何以稱仁武王克殷釋囚封墓之外不聞所以處微子者或以其遯野求之不獲及武庚誅而卒求得之始封之于宋耳且武王討紂之罪何歟微子而面縛輿櫬耶左氏浮誇此其驗矣

沙鹿崩梁山崩不係之晉天下之辭也

卜筮聖人所以定猶豫自古記之然嘗考之左氏筮敬仲也曰此其代陳有國乎不在此在異國非此其身在其子孫可也必以為姜姓也太岳之後物無兩

遠碧樓劉氏寫本

大則牽合矣占嫁伯姬也曰士刲羊亦無衁也女承筐亦無貺也西隣責言不可償也可也必以為姪其從姑六年其逋明年其死于高梁之墟則附會矣

滅項魯滅之也公穀以為齊滅非也

衛伐邢左氏曰于是衛大旱甯莊子曰天其欲使衛討邢乎師興而雨此附會之說也何者仲尼即天也仲尼不與衛滅邢而斥名燬以是知天不與也

公羊多紕其曰獻禔(捷)不言宋為公子目夷諱也又曰泓之戰文王之師不過是也皆紕之紕者也

鄧祁侯不殺楚文王楚卒滅鄧楚成王不殺晉重耳

晉卒敗楚然則三甥子玉之言是乎以楚之强而鄧殺其君其勢未有晏然而已者即殺重耳晉其無君乎楚子重耳死天下之為楚子重耳者何可盡殺也三甥子玉不勸其君以修德自强而區區殺其所忌憚亦末矣

齊人伐我北鄙公使展喜犒師受命于柳下惠于是柳下惠不知其年然業已為魯所推重矣自此距會于甯任而孔子生之歲八十有三年孔子長而交于四方則距柳下惠蓋百餘年也孔子安得與柳下惠為友而盜跖又安得侮孔子哉莊周載盜跖篇余以

遠碧樓劉氏寫本

為此非莊子之言也後人偽為之也
楚殺子玉說者以為晉再勝而楚再敗也然而敗軍之將干法應誅楚所以抗衡中國狎主齊盟者以此故城濮一敗即殺子玉泜水一退即殺子上鄢陵一戰即殺子反屬國一叛即殺子辛國猶有章也柏舉喪師囊瓦奔鄭楚不能致辟焉而國浸以弱矣

遠碧樓劉氏寫本

欽定四庫全書

春秋質疑卷六

明 楊于庭 撰

文公

公即位

按周書顧命四月乙丑成王崩宰臣太保即于是日命仲桓南宮毛俾爰齊侯呂伋以二干戈虎賁百人逆王世子釗于南門之外延入翼室宅憂為天下主繇是而觀君薨嗣君即位豈有曠至月日之外者哉今倣春秋書公即位者獨昭公客死而定公嗣位在半年之後此

意如無君不可以為訓不必論至如十一月隱公弒正月桓公即位曠二月十二月僖公薨正月文公即位曠一月二月文公薨十月子卒正月宣公即位曠三月十月宣公薨正月成公即位曠四月八月成公薨正月襄公即位曠六月六月襄公薨九月子野卒正月昭公即位曠五月五月定公薨正月哀公即位曠十月夫桓之繼隱宣之繼文猶為國有難也其餘皆父子繼體國家無事而或曠五月六月甚至十月而後立君天下有是事乎故曰國君已即位于初喪逾年改元而書即位者乃行告廟臨羣臣之禮亦如近日以明年為元年之例

非實至是而始即位也雖然以是考之而益知隱莊閔僖之不書即位胡氏以為不請命于天子者謬矣何以明其然也文公元年春王正月公即位越四月天王使毛伯來錫公命穀梁曰禮有受命無來錫命錫命非禮也夫文公錫命于即位之後則其即位也亦何嘗請命于天子哉而何以獨苛責隱莊閔僖四公也然則隱公不書即位信為成先君之惡而遂其邪而莊公之為忘父讐閔僖之為繼弑君審矣

王子虎卒

卒王子虎左傳以為同盟是也公穀謂即會葬之叔服

而胡氏信之然按傳王子虎卒于文三年越十四年有星孛于北斗叔服尚占宋齊晉之君皆死亂何得以王子虎即叔服耶胡氏既引叔服之言以傳星孛北斗而復傳王子虎爲叔服則其人已死久矣其舛錯不倫抑又甚矣

晉殺其大夫陽處父

處父無識乎檀弓趙文子曰行并植于晉國不沒其身其智不足稱也

公會諸侯晉大夫盟于扈

諸侯不叙以爲不足叙也大夫不名志其專也義不在

于公之後至也胡傳未合

公孫敖卒于齊齊人歸公孫敖之喪

胡氏曰公孫敖之行醜矣出奔他國其卒與喪歸皆書于策者以文伯惠叔二子之哀誠無已也余謂不然凡為人子苟非悖逆之極未有不用情于父母者孔子作春秋以公天下而豈區區私一文伯惠叔哉班固酷吏傳因張安世子孫貴盛遂恕張湯世儒猶且詆之何况聖人筆則筆削則削莫尊于天子而王不稱天莫貴于本國之君而沒公不書于册豈以一文伯叔惠而遂紀其不肖之父大書特書不一書也然則何居曰譏其寵

有罪焉耳慶父弑二君負覆載不容之罪于法不當置後寵其子公孫敖以為卿固已頗矣敖又不肖聘于京師不至而復而奔莒從已氏焉此不謂之世濟其惡而三尺所必誅者哉為之置嗣為之殯而葬之賞斯僭矣鄭子皙將死子產使吏數其三罪及其死也尸諸周氏之衢加木焉公孫敖昆弟爭室事與黑均而其棄君命而出奔甚于黑之使太史書七子魯不惟不能討又從而厚之豈非以季孫叔孫之聲勢相倚也而為之主乎春秋譏之以著政逮于大夫之漸其所以垂戒後世者詳且切矣

遠碧樓劉氏寫本

子卒夫人姜氏歸于齊季孫行父如齊

子卒而繼之以夫人姜氏歸于齊明子弒而母大歸也又繼之以季孫行父如齊明季孫之與聞乎弒而為之求援于齊也當是時行父為上卿當國倘仲遂有慶父之逆而行父懷季友之忠則惡及視兄弟未必駢首而死于仲遂之手而宣公亦未必立矣身執國政而坐視亞卿之弒君是尚可以言忠乎他日逐歸父也行父言于朝曰使我殺適立庶仲也夫則今日之弒非行父主之而誰也或曰行父賢大夫子蔽獄于行父不亦苛乎曰鄭子公本謀弒其君子家不可已懼而從之然春秋

直書公子歸生弒其君而不少貰則殺惡及視即蔽獄于行父焉可也曰然則公子遂可逭乎曰弒君之人此不待貶斥而自見者也

莒弒其君庶其

稱國以弒誅之也太子僕帥國人以弒父又以其寶玉來奔此亂賊之行也

附錄

晉侯伐衛衛人謀之陳陳侯曰更伐之我辭之衛孔達帥師伐晉左氏曰君子以爲古古者越國而謀夫越國而謀古矣不勸之以解怨謝過于大國而亟競

遠碧樓劉氏寫本

于兵可乎無損于晉而多搆怨焉何益
春秋子弑父者三楚世子商臣弑其君頵蔡世子般弑其君固許世子止弑其君買此自開闢以來所未有也其後宋劭楊廣更千百年而僅見然頵欲黜商臣而立其弟謀及江芊閨淫于般婦義隆欲殺劭隋文欲廢廣其處心積慮有自來矣許止止于不嘗藥而聖人誅之比于商臣般而不貰不亦傷乎語曰為人臣子而不通春秋之義者必陷簒逆誅死之罪則許止之謂矣然其究也止哭泣而死般為楚虔所誘殺宋人誅劭隋人弑廣獨商臣戰勝諸侯與晉爭霸

享國十有二年以善殁子孫世有楚凡此皆天道之
不可知者

逆婦姜于齊左以為卿不行公以為娶乎大夫穀以
為成婦于齊何居曰惡其忘哀而婚爾

僑如長狄防風氏遺種斷其首而載之眉見于軾孔
子曰防風氏身横九畝長之至也僬僥氏長三尺短
之至也魯大夫季文子禿聘于齊齊侯使禿者御之
臧武仲短狐駘之敗國人歌之曰侏儒侏儒使我敗
于邾

齊人執單伯逆王命也執子叔姬無禮于君母也公

穀謂單伯淫于子叔姬文致之詞也

季文子使晉而求遭喪之禮以行可謂三思矣東門遂殺嫡立庶而已爲之求援于齊何不思之甚乎莒僕以珠玉來奔逐而出諸境公問其故對曰先大夫臧文仲教行父事君之禮曰見無禮于君父者誅之如鷹鸇之逐鳥雀也噫無禮于君父孰有大于殺惡及視者哉已不能討而又與謀焉則何辭以逐莒僕語曰無瑕者而後可以指人行父愧色矣

遠碧樓劉氏寫本

欽定四庫全書

春秋質疑卷七

明 楊于庭 撰

宣公

陳殺其大夫洩冶

左氏曰孔子曰詩云民之多辟無自立辟其洩冶之謂乎余曰是非孔子之言也非之非者也胡氏曰冶雖効忠其猶在宋子哀魯叔肸之後乎方諸比干自靖自獻于先王則未可同日語也余曰亦非也人臣食人之祿則當忠人之事目視其君之昏而噤不一語其若臣子

之義何孔子曰危邦不入解者曰仕危邦者無可去之義在外則不入可也洩冶既仕危邦自當授命若以宋子哀之去為是而于洩冶之死諫訾之是比干不得與微子並稱仁也率天下為人臣者視君之昏而遂恝然去之而不顧必胡氏之言夫

齊人歸我濟西田

歸讙及闡書歸不書我此書我何公羊曰言我者未絕于我也未絕于我何魯宣弒逆以濟西之田賂齊以定其位而齊亦安然受之至是而君臣歲時朝聘于齊齊人悅其順己也而來歸曰歸我濟西田田本我田我不

遠碧樓劉氏寫本

得予之齊齊不得取之我也曰歸歸之不以其道與不以其道而致其歸皆春秋所不與也

晉殺其大夫先穀

春秋書殺其大夫某者胡氏以為罪在上故不去其官然其中豈無可殺之罪如晉先都士穀箕鄭父之作亂楚宜申之弒君晉先穀之不用命召狄師者乎何以獨罪上也余意美惡不嫌同辭有罪無罪觀者當自得之耳

宋人及楚人平

陳及楚平不書鄭及楚平不書書宋人及楚人平何曰

以是為宋危之而又幸之也易子而食析骸而爨宋之不亡者幾希矣曰及者我及之也炭炭之辭也胡氏以為交貶楚之凌暴貶之可也宋方救亡之不暇不矜之而反貶之乎或曰惡詐也登子反之床而刼制之君子所不與也然則孔子微服而過宋非歟又曰惡專也私以其情告于子反、而君不預知非人臣之義也况乎况乎失火之家豈暇先言大人而後救火乎況華元登子反之床而起之曰寡君使元則未嘗不稟白于君矣故余以為宋人及楚人平罪盟主及諸侯之不能救宋而宋不得已于楚也非貶宋也

附錄

趙盾弒君孔子曰惜也越境乃免余以為此非孔子之言也人臣無將將則必誅豈一越境可免于弒君之惡乎

春秋之世列國之疆域犬牙相錯擊柝相聞初無隙地曠土使他族得為生聚居處之所則長狄僑如之類宜無以自存矣然其時戎狄與中國雜處無河山而闌之以故時時為患即齊晉大國不免焉曰戎曰山戎曰北戎曰姜戎曰茅戎曰陸渾之戎皆戎也曰狄曰長狄曰赤狄曰白狄曰潞氏曰甲氏及留吁曰

膺答如皆狄也夷曰淮夷蠻曰戎蠻子

楚莊之霸也宜哉若敖氏以反誅已而思子文之治楚也使箴尹克黃復其所命之曰生仁矣哉優于漢宣帝之遇霍氏矣

晉侯治兵于稷以畧狄土立黎侯而還黎侯無所倣按衛風式微舊說以為黎侯失國而寓于衛其臣勸之而作是詩也則狄之滅黎當在衛懿公為狄所滅之前五十年於茲矣至是晉侯滅狄復立黎侯也

子反之不免也宜哉楚武王以來亡不以令尹為政者子反為司馬下令尹一等矣圍宋之役華元登其

肰而告之遂與之盟而退師是自為政也迄于鄢陵

令尹子重亡恙而子反執其兵柄于義何居傳曰二

卿相惡蓋子重位在子反之上而政反自子反主之

此所以相軋而相傾也歟

王札子殺召伯毛伯下相殺也召伯毛伯不名大臣

也大臣而擅殺之以是謂天王為虛位也

取根牟取鄟取邿皆小國也內滅曰取諱也公羊以

為邾婁之邑何居

遠碧樓劉氏寫本

欽定四庫全書

春秋質疑卷八

明　楊于庭　撰

成公

公即位

公八年秋七月天子使召伯來賜公命則其即位也亦何嘗請命于天子哉隱莊閔僖何獨以為上不請命也

新宮災三日哭

公穀曰新宮何宣公之宮也宣公則曷謂之新宮不忍言也災而三日哭禮也成公為無譏矣以為宮成而主

未入宣公薨二十八月而尚未遷主則胡氏之臆說也

立武宮

立武宮杜預以爲魯人旌䇯之功作先君武公宮以告成事示後世是也邲之役潘黨勸楚子立武軍以無忘武功楚子曰武有七德我無一焉何以示子孫其爲先君宮告成事而已今魯之戰于䇯也忿兵也計其功則借人也借人之力以救其死若之何其旌之小國幸于大國而昭所獲焉以怒之亡之道也胡氏以宮廟有毀而無立而不著其旌䇯之功之不可則鶻突也

晉侯使韓穿來言汶陽之田歸之于齊

惡晉失信也春秋之法曲在内則諱曲在外則不諱晉侯使韓穿來言汶陽之田歸之于齊曲不在我也

衛侯之弟黑背帥師侵陳

黑背稱弟亦是因其事而書之耳仲尼以天自處胡氏謂齊侯之弟年生無知弑襄公黑背生公孫剽其后出衛侯衎而伐之故聖人皆以為有寵愛之私而稱弟然其事在其子孫數十年之後而聖人逆探其事而貶其父于數十年之前必不然矣

晉立太子州蒲為君

晉侯獳在也而子州蒲立為君以伐鄭春秋書曰公會

晉侯齊侯宋公衛侯曹伯伐鄭而其下又書曰晉侯獳卒若二晉侯然者所謂父不父子不子而春秋所繇作也則亦不待貶斥而惡自見矣

齊人來媵

伯姬雖賢衛人晉人媵之禮也齊人媵之非禮也禮諸侯嫁女同姓媵之異姓則否又況二國來媵是一娶而九女也禮也三國媵則一娶而十有二女矣烏乎禮

負芻殺太子而自立

負芻殺太子而自立則弒君也而春秋不書何也曰此與陳佗殺太子免而自立同罪皆因其不告而不書者

也然而蔡人殺陳佗則予以討賊之義而晉侯執曹伯歸之京師則予其爲伯討以是知春秋之誅亂臣賊子者至矣豈因其不告而遂沒之乎

仲嬰齊卒

公穀胡氏曰嬰齊者公子遂之子公孫歸父之弟也歸父出奔齊魯人徐傷其無後也于是使嬰齊後之曰仲嬰齊亂昭穆也弟不可後兄也余曰何繇知其非後襄仲乎習胡氏者曰禮孫以王父字爲氏子不可以父字爲氏故知仲嬰齊之必後歸父也余應之曰不然嬰齊以父字爲氏此正所以譏魯也何以明其然也季孫行

父公子友之子也于法當稱公孫今稱季孫者正以公子友之為季友而生而賜氏也襄仲亦生而賜氏而俾世其卿者故其卒曰仲遂其子歸父既奔而魯立其次子嬰齊以為遂後安得不稱仲嬰齊乎行父可以父字為氏而稱季孫嬰齊獨不可以父字為氏而稱仲乎然則何譏曰弑君之人而生賜之氏而世其卿則春秋之所不與也

會吳于鍾離

會吳于鍾離于柤于向胡氏以為罪諸侯不敢與之敵者非也晉君方明諸侯方睦吳雖崛强何至諸侯不敢

與之敵乎觀向之會吳告敗于晉晉士匄數吳之不德也而退之則吳豈能有加于晉者聖人殊而外之以為吳蠻夷也僭王也召而與之會是吳就中國也其志可嘉也戚之會是也故進而稱人即而與之會是中國就吳也其漸不可長也鍾離柤向之會是也故抑而舉號所以謹失禮之防者至矣

曹伯歸自京師

胡氏以為譏天王之釋有罪者是也然當其時天王亦虛位耳晉不許之歸王敢歸曹伯乎曰曹伯歸自京師以為不宜釋而釋必有任其責者矣

刺公子偃

殺無罪也穆姜之請逐二子而公不可也姜怒公子偃公子鉏趨過指之曰是皆君也公以一言之忮而遂甘心于偃君子以為周官三刺之法不如是矣或曰偃與謀也與謀之惡何如叔孫僑如之主謀乎逐僑如而不誅而顧誅其與謀之公子偃何居

晉弑其君州蒲

稱國以弑狄之也書身為元帥執其君而弑之以車一乘葬之于翼東門外而舉國之人莫以為非也則中國而夷狄矣聖人傷之故曰晉弑其君州蒲如莒弑其君庶

其之例胡氏説何鶻突也

附錄

戎伐凡伯于楚丘以歸經明言戎伐矣而公穀以為衛伐之王師敗績于茅戎經明言茅戎矣而公穀以為晉敗之舛矣

鞌去齊五百里袁婁去齊五十里一戰而綿地五百百逼與之盟其不盟于城下者幾希齊既求成朝而授玉忿亦可以紓矣郤克趨而進曰是行也為婦人之笑客也甚矣其橫也郤氏之無後也宜哉

衛遷于帝丘則書晉遷于新田則不書者何也衛書

遷志狄圍衛也不得已也晉之遷有所擇而圖之也
鄭事吳晉士燮以諸侯之大夫伐鄭以其事吳也是
時晉方使巫臣通吳以制楚而即與吳爭鄭尚謂之
好相識乎牕之吳晉皆唯利是視者則亦不待黄池
之役而爭為盟主矣
左傳成十六年夏四月滕文公卒蓋昭公之子成公
之父也自此距戰國二百年而滕文公閲三年之喪
及井地于孟子是滕有兩文公矣衛州吁有寵于父
莊公左氏曰莊公娶于齊東宫得臣之妹曰莊姜美
而無子衛人所為賦碩人也距二百年而蒯聵亦謚

遠碧樓劉氏寫本

曰莊公弑于髡髮之己氏是衛有兩莊公矣謚以易名周制也令文武大臣父子同謚者必請而更之而衛及滕以耳孫而同其遠祖之謚而臣子不能改也有是事乎不寧唯是齊孝公昭昭公潘皆桓公子也孝公名昭而其弟潘嗣謚為昭公是以孝公之名為謚也楚康王名昭而楚子軫謚昭王是以康王之名為謚也宋公王成謚成公歷四世而平公名成是又以祖謚為名矣夫謚以易名名可諱謚不可諱也先公先王名昭而嗣公嗣王謚昭將諱之乎抑不諱乎先公謚成而四世之孫名成將不諱乎抑諱之乎凡

此皆傳記之可疑而理之不可曉者吾姑存疑焉

春秋質疑卷九

明 楊于庭 撰

襄公

楚殺其大夫公子申 楚殺其大夫公子壬夫

國家之敗由官邪也官之失德寵賂章也申及壬夫政以賄成何得無罪觀者當自得之可也

臧孫紇敗于狐駘

狐駘之敗不書諱之也

莒人滅鄫

滅鄫者莒以兵滅之也故晉人來討曰何故亡鄫季孫宿如晉聽命昭四年九月取鄫左氏曰莒亂著丘公立而不撫鄫也若謂以異姓為後而自滅其嗣故特書曰莒人滅鄫如公穀胡氏之說則亦鑿矣秦政為呂不韋之子朱子作綱目未聞于嬴秦之莊襄王書滅況聖人如天豈有以甥出為後之事而指之曰滅鄫者哉又況滅鄫在襄六年而襄五年經書叔孫豹鄫世子巫如晉公羊曰舅出也莒女為鄫夫人立其出也蓋即指巫言之也巫以舅出後姑父稱鄫世子則鄫子卒而巫嗣必不書滅鄫矣

會吳于柤遂滅偪陽

合十有二國之諸侯而會吳于柤聖人已殊而舉其號而况爲通吳晉往來之道而遂滅無罪之諸侯乎春秋書滅者亡國之善辭上下之同力也偪陽子實俘以歸未嘗死于難也而書滅偪陽若國滅君死之者所以深罪晉也曰遂遂之者甚之也

戍鄭虎牢楚公子貞帥師救鄭

胡氏曰戍鄭虎牢罪諸侯也公子貞救鄭善之也余曰非也鄭周反復之國也犧牲玉帛待之境上口血未乾而背之久矣自諸侯之戍虎牢而鄭人失其險于是乎

楚狼狽而救之不可得也曰戍鄭虎牢虎牢固鄭之虎
牢諸侯不得而有也曰救鄭見楚之急于得鄭而欲救
而不能也則所以制鄭者善矣若以為伐而書救未有
不善之者也而遂指之曰罪晉則鄭背華即夷春秋所
惡蕭魚之會方予晉之服鄭而又罪之乎
鄭侵宋　鄭公孫舍之帥師侵宋
鄭侵宋將以怒晉而致死于我乃固與晉則子展之謀
也夫欲與晉而先怒之謀亦譎矣此與晉趙穿侵崇以
求成于秦何異
十三國伐秦

是役也報櫟之敗也于是欒黶不用命輒以其師歸晉人謂之遷延之役誰尸之乎則荀偃已偃為主帥仗鉞臨戎雖君命有所不受而況黶為之屬寮乎伐偪陽不克荀偃士匄請班師知罃怒投之以机出于其間曰七日不克必于爾乎取之偃匄躬受矢石而偪陽舉矣荀偃豈不聞乎若之何身為主帥師行無紀其始令曰鷄鳴而駕唯余馬首是瞻固已非矣及欒黶專愎自用焉首欲東而偃遽以師退曾不能按軍法致辟焉專閫之謂何于晉辱矣書曰叔孫豹會晉荀偃齊人宋人衛北宮括鄭公孫蠆曹人莒人邾人滕人薛人小邾人伐秦

言罪之在也

衞侯衎出奔齊國人立公孫剽

襄十四年衞侯出奔齊衞侯者衎也于是國人立剽十

六年會溴梁十八年同圍齊二十年盟澶淵二十一年

盟商任二十二年盟沙隨二十四年二十五年兩會夷

儀其書衞侯者剽也二十五年八月衞侯入于夷儀者

衎也于是二十六年剽弒衎入十二年之間而衞有兩

衞侯可乎先王之制國君亡不受之天子傳之先君者

衎與剽並無王命父命而竊有其國天討不加諸侯列

于會諸大夫國人莫以為非故聖人因而書之曰衞侯

不没其君衛之實蓋傷之也

戚之會

衛孫林父逐其君衎而立剽晉侯謀于荀偃偃曰衛有君矣伐之未可以得志不如因而定之會于戚謀定衛也人臣之惡孰有大于逐君者乎晉為盟主宜以大義倡諸侯致討于衛轘孫林父于市謀于衛衆置君而後去之可也奈之何不唯不能討反會于逆臣之私邑而定之乎悼德于是乎衰矣一悼公也用韓厥則克彭城討魚石用知罃魏絳則三駕伐鄭而楚不敢與之爭及其晚節末路用荀偃士匄並屬庸才則衛大夫逐君而

不能討以此知人君不可一日而無謀臣而悼之所以
止于伯也齊桓晚年亦多衰德繇于管仲一死而齊遂
無人以悼方桓豈不相肖哉王道之大兢兢業業一日
二日萬幾必不始勤而終隳如桓悼矣

取邾田自漷水

魯之借力于晉者二𡁄之戰取汶陽之田于齊書曰取
汶陽田不係之齊比執邾子曰取邾田自漷水者何也
聖人作春秋如衡之平如水之止豈有成心于其間哉
齊頃公伐我則汶陽之田固已奪而有之矣𡁄之戰取
之以歸于我而田固我本有之田也安得以取齊田書

乎祝柯之盟則異是襄十六年晉人執邾子以歸邾子者宣公牼也當其時宣公果奪我田則晉必歸之于我矣十七年二月庚午邾子牼卒悼公繼立是年冬邾人伐我南鄙止于書伐未聞取我田也十八年同圍齊而邾子即以十九年之春正月執矣然則取邾田自漷水者乃晉侯惡邾之伐魯而割其田以與魯也非反魯侵地也諸侯土地受之天子傳之先君晉人割以與魯魯人藉晉力而取之邾皆義之所不敢出者況邾人伐我執之足矣又取其田不幾于蹊田奪[牛]之誚乎此書法所以異于取汶陽田也交譏之也至于執諸侯而稱人又

不歸于京師則亦不待貶斥而自見矣

盟于澶淵

齊為無道十二國之諸侯以兵圍之而桀驁如故也至士匄侵齊至穀聞齊侯卒乃還而齊始盟于澶淵矣德之足以服人如此夫

陳殺其大夫慶虎及慶寅

齊之高厚鄭之公子嘉楚之公子追舒陳之二慶罪皆可殺也以為罪累上者況也余所謂有罪無罪觀者當自得之也

齊侯伐衛遂伐晉　救晉次于雍榆

遠碧樓劉氏寫本

伐衞遂伐晉志無伯之始也蓋懼之也救晉書次譏為義之不勇也

晉執衞侯衎

伯主執諸侯未有不書者平公執衞侯衎因之于士弱氏則不書何以是為不足書也何者為臣執君罪一執而囚之而不以歸于京師罪二齊侯鄭伯朝晉為衞侯請而晉怒未釋也侯其歸衞姬于晉而後釋衞侯罪三若是則三綱淪九法斁而人道或幾乎絶矣聖人至此憫之甚懼之甚故其執衞甯喜也稱人而其執衞侯也削而不書以存中國也其意遠矣

豹及諸侯之大夫盟于宋
豹不書族削之也削叔孫所以遍罪諸侯也盟于宋而
中國益衰矣
公如楚　天王崩　楚子昭卒　公在楚
靈王不書葬魯不赴也天王崩諸侯不奔喪又不使大
夫會葬而親禭于僭王之楚子此所謂中國而夷狄也
則亦不待貶斥而惡自見矣春王正月公在楚春王正
月公在乾侯歲首必書公所在者臣子之義也朱子作
綱目書帝在房州意倣此
公至自楚

公至自楚何危之也何危乎外之屈辱于大國而内之迫于强臣取下以自封故其謂公治曰吾可以入乎微榮成伯則亦不待鸜鵒來巢而襄爲昭公矣

吴子使札來聘

吴入春秋止舉其號至是進而稱子又君臣始並見經所謂苟能好禮則從而進之者也札不稱公子亦如秦術楚椒之類若以爲讓國釀亂貶而削其公子則孔子之作春秋也爲天下乎抑亦爲區區之季札乎以爲賢而責備之深則又刻矣

公薨于楚宫

公薨于路寢正也于楚宮非正也以此推之參之易簣
由之結纓所謂行一不義殺一不辜而得天下不為也

附錄

禮唯諸侯見天子稽首兩君相見則拜哀之十七年
公會齊侯于蒙齊侯稽首公拜齊人怒孟武伯曰非
天子寡君無所稽首乃襄之三年盟于長樗也公稽
首知武子辭孟獻子曰以敝邑密邇仇讎寡君唯君
是望敢不稽首襄之二十四年鄭伯朝晉請伐陳稽
首范宣子辭子西曰以陳之陵虐敝邑寡君是以請
罪焉敢不稽首則是晉侯名為方伯而儼然尊之如天

子矣

會吳于向姜戎即事于會而不書削之也以是知申之會列淮夷于諸侯以為諸侯皆淮夷也

宋人獻玉于子罕子罕弗受曰我以不貪為寶爾以玉為寶若以與我皆喪寶也不若人有其寶誼哉賢于韓起之求玉環也已

齊侯獲臧堅使夙沙衛唁之堅謝曰君賜不終抑又使其刑臣禮于士遂自殺平陰之役夙沙衛殿殖綽郭最曰子殿國師齊之辱也乃代之殿趙同為漢文帝驂乘袁盎伏車前曰陛下雖乏人奈何與刀鋸餘

人載乎上笑下趙同古之以寺人為恥如此今亡矣
夫

臧孫紇出奔無罪乎曰惡得無罪立嗣以長誰敢奸之季武子欲舍公彌而立紇私也北面重席新樽絜之召悼子降逆之及旅而召公鉏使與之齒是則逢迎季孫之意而成其私而長幼之序紊矣公鉏因之以立羯而仇臧孫不亦宜乎孔子曰臧武仲之智也而不容于魯作不順而施不恕也

合左師諸侯之良也伊戾誣世子痤則證之痤召佐則賂而與之語陷宋公于不義誰之咎歟倡謀盟宋

遠碧樓劉氏寫本

中國之衰自此始而反求免死之邑于宋公子罕譏之是矣

陳靈公之弑起于夏姬袙衣之戲齊莊公之弑起于東郭姜拊楹之歌信乎色之足以敗家亡國也然楚莊能伸大義以討少西氏而晉平公不能于是乎崔杼以賂免而晉霸自此替矣

書城杞罪之也棄諸姬而夏肄是屏則平公之昏而二三執政不能無罪焉爾

宋伯姬卒于火貞而過焉者也君子以為不必待姆焉可也何也紀叔姬不可不歸之酅而宋伯姬可以

不遠乎大也事固有輕重之别也雖然不謂之賢不可

晉之衰趙孟之偷為之也繼之而韓起偷益甚至于

范鞅荀躒求貨于諸侯益不足道矣

遠碧樓劉氏寫本

欽定四庫全書

春秋質疑卷十

明　楊于庭　撰

昭公

虢之會

宋之盟豹削族此復書叔孫豹者何也再會而恬不知怪聖人以是為不足削也

取鄆

取鄆之役微叔孫豹魯不國矣故不書季孫宿帥師伐莒取鄆而書取鄆若不知為誰取之者志宿之横豹之

忠也

鄭殺其大夫公孫黑

黑為無罪乎子產數之備矣稱國以殺余所謂有罪無罪觀者當自得之固不嫌于同辭也胡氏以為鄭人初畏其强不之討也因其疾而幸勝之亦云殆矣不亦迂乎

公如晉至河乃復季孫宿如晉

禮諸侯之喪士弔大夫共葬事未聞君自奔喪者也而況區區伯主之嬖寵非伉儷乎至河見拒辱亦甚矣亦可以止矣而復使冢卿致賵焉書之以見昭公之不能

遠碧樓劉氏寫本

以禮自强而亟媚于大國也蓋傷之也穀梁以爲公如晉不得入季孫宿如晉得入而胡氏信之遂以爲昭公失國之由季氏逐君之漸晉人下比之迹溺其旨矣

取鄫

取鄫不係之莒諱之也書取鄫則知向之滅鄫莒以兵滅也

公如晉　莒牟夷以牟婁及防茲來奔　公至自晉

公方在晉也而牟夷以三邑來奔誰受之乎季孫受之也納畔人而利其土于是晉侯以是罪公幾于見執則

宿之專横無君不待意如之逐昭公而後見矣然則范
鞅所謂請歸之間而以師討不亦蹟乎曰鞅本黨于季
氏已而竟無討也故書曰季孫宿如晉傳以為拜莒田
也晉侯不唯不能討反以為知禮而重其好貨則晉之
不足為盟主抑又見矣春秋諸侯不顧禮義而一視强
弱為大小是故莒有叛人而魯納之帥師以討而又詐
敗之也告于伯主而伯主反寵其使臣而厚賄焉為小
國者不亦難乎
暨齊平
暨齊平左氏以為燕人請平于齊是也于是齊侯將納

簡公燕人歸燕姬賂以瑶罋玉櫝斝耳不克而還胡氏以為魯暨齊平然嘗考之春秋前此則鄭來輸平為隱公狐壤之戰也宋及楚平為圍宋也後此則及齊平及鄭平為定公嘗侵鄭侵齊也自夷儀以來齊魯同盟並無侵伐何故而暨齊平乎胡氏蓋泥于下文叔孫舍如齊涖盟而遂為此説而不知大夫聘于列國而涖盟此春秋常事如荀庚孫良夫欲[郤]犨者皆是也固與暨齊平無與也

意如至自晉

胡氏曰晉執季孫為邾莒之不供而非有扶弱擊强之

義也其終歸之為土地猶大所命能具而非有為夷執
親之悔也違道甚矣然則意如無貶乎曰意如去族罪
之也身為大臣當以國體為重既執于晉賴子服惠伯
力爭得免惠伯請從晉會于會則羊舌鮒以除館西河
恐喝之而意如懼遂奉頭鼠竄不待禮而歸其辱國亦
已甚矣以故聖人削其姓氏以為世戒不然叔孫舍亦
見執于晉者其至自晉何以書叔孫乎知書叔孫之為
褒則知削季孫之為貶矣

莒子去疾卒

莒不書葬胡氏以為意如專政而莒嘗訴其取鄆取鄆

之罪于晉而執之以是恨莒故獨不會其葬也非也莒本雜夷有號而無謚如所謂著丘公郊公是已故春秋二百四十九年之間雖滕薛邾杞小國亡必書葬獨于莒缺焉所謂中國而夷狄則夷狄之者也必以是罪季孫誤矣

蔡朝吴出奔鄭

朝吴出奔志譏人之亂國也于朝吴乎何尤胡氏因費無極譖朝吴之語而遂以為罪吴者過也

曹公孫會自鄸出奔宋

自鄸出奔據其事而直書之也非必以為子臧之後而

賢之也堯舜為父朱均為子賢不肖自不相及而何為
乎以賢而併恕其子乎至謂黑肱以濫來奔不言邾者
為叔術諱則其説益遠矣
盜殺衛侯之兄縶
左氏謂齊豹殺之是也以為宗魯殺之則齊氏戈擊公
孟宗魯固已以身死之矣左氏述仲尼之言以為齊豹
之盜孟縶之賊汝何弔焉正惡宗魯食姦受亂蓋不義
犯非禮而至于殺孟縶者則固與宗魯無異(與)也胡傳釋
豹不誅而歸獄于宗魯誤矣
劉子單子以王猛居于皇 入于王城

遠碧樓劉氏寫本

王室而既畀矣景王溺愛子朝幾奪嫡矣猛雖正無寵于先王矣非大臣以之則國本揺而宗社不幾于殆乎幸而有劉單左右王居于皇入于王城以定其位亦春秋之所予也蓋衰世之意也胡氏罪其挾天子以令諸侯以為上下舛逆為後世戒然當是時尹氏召伯毛伯立王子朝既為不正而宜罪至于立君之正則又非之大臣宜如何而可而春秋許首止之盟何居

吳弑其君僚

稱國以弑狄之也僚不當立既立之矣又使光得而弑之此狄道也

黑肱以濫來奔

不係之邾穀梁以爲別乎邾者是也以爲賢叔術而諱其子者公羊之謬也公在乾侯魯無君也而季氏納黑肱君子以是爲叛逆自爲黨矣不書邾懼之也

附錄

昭公年十九而有童心居喪而不感穆叔不欲立之是也但其言曰若果立之必爲季氏憂夫魯之立君以爲國也上之則周公魯公之祖祧下之則龜蒙鳧嶧之臣民豈爲區區一季氏乎魯人知有季孫而不知有社稷穆雖賢亦習于其俗而不自覺耳

遠碧樓劉氏寫本

向戌倡弭兵之說趙孟與諸大夫謀曰弭兵而我弗許楚必許之以召諸侯則我失為盟主矣然乎曰弭兵美名也我弗許是攜諸侯也許之而修德行仁君臣輯睦以觀釁于諸侯其可也宋華元嘗合晉楚之成于西門外矣欒書韓厥之徒俟楚背盟而我有詞于伐遂捷鄢陵晉霸如故也則向戌弭兵之說于晉何傷乎唯盟宋之後而晉失其政君弱臣强遂一切無志于諸侯杞不當城而合諸侯以城之蔡般弒父莒人弒君而不能討馴至于楚滅陳蔡而不能救而晉亦不復主夏盟矣此則晉君臣偷安之罪非盟宋

之罪也
君薨士弔大夫共葬事先王之制也大夫弔卿共葬事自晉文襄始也魯侯之奔大國喪自宣公始也趙孟卒而鄭伯如晉弔則不但奔大國之喪并其執政之喪而奔之矣欲政不逮大夫得乎

左氏謂武王成王康王并建母弟以蕃屏周又曰管蔡郕霍魯衛毛聃郜雍曹滕畢原酆郇文之昭也邘晉應韓武之穆也凡蔣邢茅胙祭周公之胤也封周公支子有諸乎曰昔者成王以周公有大勳勞留相王室故封其冢子伯禽于魯而別封其支子于凡蔣

邢茅胙祭比報功之特典非諸兄弟所敢望者也太
公亦元功也有支封乎曰其詳不可攷矣然嘗考之
襄二年齊姜薨齊侯使諸姜宗婦來會葬召萊子萊
子不會伐而滅之繇是而觀萊亦太公之後以支子
封者矣繼體守文之主可封建乎曰否成王雖嘗封
康叔于衛封唐叔于晉封微子于宋封熊繹于楚然
皆舉先王之勤勞或先王之少子也康王不可考即
有之亦成武王成王之遺意云爾昭王穆王而後絶
不聞有封建者傳曰周之始封千八百國兄弟之國
十有四人姬姓四十餘人則業已布滿天下矣所餘

者止方千里之王畿耳若繼體守文之主而皆分封其子弟一如開國之初則不數傳而王畿之土地已盡天子將安所奉宗廟待諸侯乎故余斷以為封建必始王者乃行之也或曰越少康之後鄭及申宣王所封也何歟曰少康宣王撥亂世反之正與尋常繼體守文者不同故少康復國而別封其支子于會稽宣王中興而封其舅申伯于申封其弟友于鄭此又不可以一律論者后世帝王雖繼體守文亡不封建子弟漢或割諸侯王一郡以封之者唐以後仰食縣官至于今而日若不給則何不取周事觀之也漢明

遠碧樓劉氏寫本

帝曰哉子安得與先帝子等以故封域半楚淮陽庶
幾古人之用心矣
叔向晏嬰私論本國失政説者謂不欲與張趯同譏
然二臣為國上大夫君有過則當諫諫而不聽則當
去不力諍而私述之于外國之使非純臣也况叔向
既知晉無政而平丘之會又以其甲車四千乘恐喝
諸侯不可謂仁違母命而要于申公巫臣以喪羊舌
氏之族不可謂智拂衣而從行人子朱為師曠笑不
可謂勇季札規之曰子好直必思自免于難有繇來
矣

藏冰發冰王政之大者也所謂冬無愆陽夏無伏陰
春無淒風秋無苦雨雷出不震無菑霜雹厲疾不降
民無夭札皆實語也胡氏謂此一事耳安能使四時
無愆伏淒苦之變乎則亦淺之乎知王政矣
叔孫豹賢大夫也宿一庚宗婦人又惑于豎牛勝天
之夢而遂身死人手兩子見殺叔孫氏幾于覆宗是
以君子謹于微也
立子以長乎晉悼公有兄而不慧不能辨菽麥不立
立悼公衛靈公之兄縶足不良不立立靈公然則文
王舍伯邑考而立發也必有以也非若晉獻之欲立

遠碧樓劉氏寫本

奚齊漢高之寵愛如意也

公孟縶公孟字縶名也定十二年衞公孟彄帥師伐曹彄縶之子也于法當稱公孫彄曰公孟彄是以父字為氏也豈靈公德縶讓已遂生而賜氏使世其卿歟取以證仲嬰齊則嬰齊信乎以父字為氏而其為後父仲遂而非後兄歸父也明矣

鸜鵒來巢左氏引文武之世之童謡附會也何也往餽之馬季氏餽馬也公在乾侯徵褰與襦公出而每歲求從者之衣屨也裯父喪勞裯昭公也宋父以驕宋定公也往歌來哭喪歸也童謡未必如是之明且

顯也左氏誣也
晉中軍帥稱將軍魏舒召閻没女寬食比置三嘆問
之對曰豈將軍食之而有不足是以嘆漢人稱丞相
亦曰將軍灌夫對田蚡曰將軍乃肯臨幸況魏其侯
又曰將軍貴人也記衛彌牟亦稱將軍文子蓋均之
執國政之稱云爾

遠碧樓劉氏寫本

春秋質疑卷十一

明　楊于庭　撰

定公

立煬宫

左氏及杜預之說是也意如逐君而懼乃請禱于煬公已而昭公死于乾侯意如以為得默佑矣故立其宫如今里俗還愿之類夫叔孫舍以他人逐君而使祝宗祈死意如乃親逐其君而禱于煬公以祈君死其忍心害理恬然亡忌憚極矣胡氏但謂宫廟有毁而無立而不

著季孫之罪則鶺突也

季孫意如卒

卒意如傷之也暈不書卒猶以討賊望國人焉至是無望矣魯事益不可為矣

從祀先公

左公穀皆以為順祀閔僖是也魯之躋僖公非禮也國人不服久矣陽虎専魯而欲取悅于衆故假公論而順祀先公所謂其事則正其情則非也胡氏以為昭公至是始得從祀于太廟夫季氏之忍心于昭公何所不至觀其葬而絶其兆域使不得同于先君又欲加以惡謚

遠碧樓劉氏寫本

及禱于煬公而立其宮則其心亦何難于蘄昭公之廟祔哉但歷攷三傳並無此事而至馮山始創言之夫左氏公穀皆距孔子不遠其說似必有據今不信三傳而信千餘年後之馮山此余所斷乎其不敢從者且季氏之逆此傳所謂不待教而誅者奚必以昭公祔廟一事坐之本欲誅亂臣賊子而反令亂臣賊子解脫也

薛弒其君比

稱國以弒狄之也

公會齊侯衛侯于牽齊侯宋公會于洮

春秋之初患無王也衛朔得罪于王而公會齊人宋人

陳人蔡人伐衛納朔春秋之季惠無伯也范中行氏得罪于君而公會齊侯衛侯于牽齊宋又會于洮以救范中行氏嗚呼此亂臣賊子之所以接踵于天下而仲尼所以作春秋歟

衛世子蒯聵出奔宋

輒可以拒父乎曰蒯聵之族屬未絕也靈公未嘗廢之而更立太子也故書曰衛世子蒯聵出奔宋又曰晉趙鞅帥師納衛世子蒯聵于戚而輒拒父之罪昭昭矣齊國夏衛石曼姑帥師圍戚之罪著矣

姒氏卒　葬定姒

何以不稱薨何以不稱葬我小君定姒疑者曰削之也削之何惡奪嫡也孰謂定哀之際則微乎

附録

意如卒陽虎請以璵璠斂仲梁懷弗與曰改步改玉陽虎欲逐之公山不狃曰彼爲君也子何怨焉蓋陽虎欲以君禮斂季孫而怒仲梁懷之不順己公山不狃以爲懷之言爲魯君也註以爲指意如誤矣夫君不在而攝祭但可代君行禮耳焉有公然佩君之玉者乎忍心至此其得死幸爾公山不狃非能忠于魯君而其責陽虎則正矣

胡氏曰定公雖受國于季氏苟有叔孫婼之見不賞私勞致辟意如以明君臣之義則三綱可正公室强矣是何言之易乎從古以來不幸而立于權臣之手則必須從容濡忍以觀其變若力不足而亟欲除之則未有不反受其螫者也魏主髦不勝其忿而欲討司馬昭反為所弑是矣且胡氏不見夫昭公之事乎然則定公如之何曰晏子之對齊景公曰唯禮可以已之庶幾矣

申包胥乞師于秦倚牆而哭日夜不絶聲勺水不入口者七日其忠過于束帛乘韋之茅夷鴻哉反國而

逃賞其仁過于以璧沈河之舅犯矣
子西為王輿服以保路國于脾洩聞王所在而後從
王昭王不以為忌子西不以為嫌此所以能復楚也
蕭王擊銅馬賊軍中不知王所在或言戰歿者吳漢
曰諸君何患王兄子見在南陽真若主也意做此
諸侯皆叛晉矣而魯獨後于是爭為晉侵鄭為晉侵
齊至于叔還如鄭涖盟而後叛晉鮑文子所謂魯未
可取也上下猶和衆庶猶睦能事大國而無天菑者
以此孔子曰魯一變至于道是固一驗歟
仲孫何忌魏曼多公羊以為譏二名二名非禮也非

也考之春秋隱公名息姑閔公名啟方成公名黑肱
此我君之二名者也齊桓公名小白晉文公名重耳
靈公名夷皐成公名黑臀厲公名州蒲秦穆公名任
好宋襄公名茲父此伯主之二名者也無駭慶父行
父嬰齊此我大夫之二名者也荀林父夏徵舒韓不
信樂大心此外大夫之二名者也二名何譏焉孔子
之母名徵在則固已二名矣
趙鞅前書入于晉陽以叛後書歸于晉歸者易辭也
如入無人之謂也晉于是乎不可爲矣
秦公子鍼以富懼選則奔晉衛公叔戍以富見惡則

奔魯信乎富之足以賈禍也石衛尉曰奴輩利吾財耳收者曰知財之為患何不蚤散之乎

遠碧樓劉氏寫本

欽定四庫全書

春秋質疑卷十二

明　楊于庭　撰

哀公

伐邾取漷東田及沂西田

入定哀而魯政益不可為矣何者宣成襄公之世君雖失政而季文子為冢卿孟獻子為介卿國猶有人也至昭公則季氏横矣然叔孫豹及舍世濟其忠故雖以宿之取鄆而豹猶能拒樂鮒之請帶而不與雖以意如之逐君而舍猶能祈死而恥與之同列則三家未盡不肖

也唯夫定哀之世君既失政而季氏若斯若肥叔孫氏若不敢若州仇孟氏若何忌若彘皆碌碌駑庸但知封殖而不爲國家經久之慮者即以邾事言之大蒐于比蒲而來會已而朝公公薨而來奔喪邾之事魯亦云可矣有何恚恨而伐之無已乎政由甯氏祭則寡人其亦可哀也已

城啟陽　城西郛　城毗　城邾瑕

四城何備晉也小國幸伯國之敗而畔之曲在我矣已懼其討而城以備之以是爲不能以禮自强而區區于城守亦末也

蔡殺其大夫公孫姓公孫霍

此弒君之黨也惡得無罪經書殺其大夫某者美惡不嫌同辭有罪無罪觀者自得之可也胡氏謂二公孫蓋嘗謀國不使其君至于是而弗見庸者故稱國以殺而不去其官則曲説矣

齊國夏及高張來奔　齊陳乞弒其君荼

古之賊臣將有無君之心則必先翦其羽翼而後動于惡而翦其羽翼莫急于世臣故孟子曰所謂故國者非謂有喬木之謂也有世臣之謂也董卓弒逆則滅太傅袁隗之族曹操謀簒則殺孔融蓋世臣與國同休戚而

亂臣賊子往往以爲不便而亟除之高氏國氏之爲世臣于齊久矣二臣不奔則荼未必弑陽生未必入而陳乞亦未必得政于齊也是故僞事之每朝必驂乘以悦其心又爲之反間于諸大夫以搆其怨而高張國夏果不容于齊矣遂而奔魯則君側無人而吾可以弑君而莫之忌矣春秋書陳乞弑其君荼而係于二子來奔之下以見國家不可一日而無世臣而語所謂虎豹在山藜藿爲之不採者此也然則劉子單子以王猛居于皇入于王城者豈真直識其挾天子以令諸侯如胡氏説乎夫亦謂王猛之不可無二子云爾

遠碧樓劉氏寫本

會吳于鄫　會吳伐齊

吳楚僭王春秋尊王者之所必誅也然楚始稱荆繼進而稱人又進而稱子稱其大夫自僖文以至定哀之世而楚遂與齊晉宋衛諸國亡異焉獨于吳也伐郯入州來滅巢會善道俱舉其號會戚稱人矣使札及伯舉稱子矣而至于柤舉〔與〕鄫之會長岸艾陵之戰郢之入齊魯之伐又堇堇以號舉黃池稱子曰及以外之其惡之尤有甚于楚者何曰楚雖暴橫齊晉之君亟攘之召陵城濮鄢陵蕭魚霸中國者未有不擯楚者也獨吳與于霸圖銷兵之後而晉方引之以制楚欲求次陘一創泖不

可得是故會魯伐齊爭先盟晉入郢之役君與大夫班處其宮無復人禮徵魯百牢藩衞侯之舍凡此皆楚所無者此春秋所以亟惡之也歟不然泰伯至德仲尼所稱何獨于其後裔削之也然以魯之秉周禮而亟會之于鄫于橐皐又引之以伐齊其于周公秉禮義之義悖矣仲尼所深悲矣

吳救陳

凡書救未有不善之者也而吳舉其號不進而稱人何居曰吳方無道爭雄于楚其伐陳非有拯危扶顛之意故季札謂二君不務德而力爭諸侯民何罪焉者以此

果吳修方伯連帥之職以獎王室以抑强楚念胡公大姬神明之胄而拯溺救焚以援之聖人當亟予之之不暇肯狄之乎

孟子卒

胡氏曰譏同姓也此不獨胡氏知之人人知之者也然禮一君一夫人猶今之一帝一后昭公君魯三十有二年矣國人不以為君乎既以為君而祀于廟豈有無一夫人祔享者乎雖曰娶于同姓然使其以夫人之禮喪之赴于諸侯反哭于寢即書曰夫人孟子薨葬我小君孟子亦可也乃今考之左氏孔子與弔適季氏季氏不

絻放經而拜夫禮義折衷于聖人使孟子非小君則孔
子何以經而弔既經而弔則孟子固昭公之夫人而為
臣子者不得以私怨貶奪之矣禮初喪男絻女髽不絻
者不服喪也不服喪者不以為夫人也不以為夫人者
季氏恨昭公故也夫人臣而逐其君惡亦甚矣又廢其
二子公衍公為使不得立又溝而絕之于先公之墓侯
孔子為司寇而後合之又廢其敵體之夫人使不得祔
于廟而為之喪也不亦傷乎夫子作春秋而直書曰孟子
卒季孫之罪始無所容于天地之間矣胡氏舍季氏
丘山之罪而第舉娶同姓以為言此一陳司敗能道之

遠碧樓劉氏寫本

何待聖人之筆削乎或曰記曰夫人之不命于天子自魯昭公始也則是昭公以娶同姓為嫌不敢請命于天子耳乎季氏何尤曰周天子之寄虛名久矣仲子成風皆以諸侯之妾而歸之賵況于君夫人乎昭公薨越三十年而後孟子卒使季氏果以小君之禮禮之則天王亦必追而錫之命或賵之矣天王之不加禮于孟子也則魯不以為夫人也

附錄

蒯聵恥母之淫而欲殺之而輒又藉口于王父以拒父均之乎無父之人也有王者作直須兩廢之而立

公子郢耳孔子不為衛君非但不為輒也兩不為也

公羊謂拒父為尊王父而又予齊國夏衛石曼姑為伯討何居

小邾射以句繹奔魯曰使季路要我吾無盟矣使子路子路辭冉有曰千乘之國不信其盟而信子之一言子何辱焉對曰魯有事于小邾死城下可也彼不臣而濟其言是義之也由弗能子路大節如此大豈無故而死孔悝之難乎彼其心蓋悞于以王父辭父命之說而謂輒之拒父為當也故其言曰太子焉用乎孔悝雖殺之必繼之又曰太子無勇若燔臺半必舍

遠碧樓劉氏寫本

孔叔他日聞夫子正名之論則直笑以為迂繇其見
偏寧殺其身而不顧也所謂弑父與君亦不從也
公子荆之母嬖將以為夫人使宗人釁夏獻其禮對
曰無之公怒曰汝為宗司立夫人國之大禮也何故
無之對曰周公及武公娶于薛孝惠娶于宋自桓以
以娶于齊此禮也則有之若以妾為夫人則固無其
禮也公卒立之國人始惡之繇是而觀則春秋所載
成風敬嬴者必其子君魯之後尊以為夫人而仲子
者亦隱公讓桓而為之尊其母耳若先公在日則固
未嘗以妾為夫人也齊仲孫所謂魯秉周禮未可取

也者以此

出奔而復者衛成公衛獻公也成有俞之卿獻有鱄

及儀之親焉出奔而不復者魯昭公衛出公魯哀公

也昭公有一子家羈而不能用出公愎而虐哀公妄

君子以為蔑推之蔑挽之矣

(明)楊于庭 撰

春秋質疑十二卷

民國二十四年(1935)上海商務印書館《四庫全書珍本初集》影印本

春秋質疑　一

421

春秋質疑

四庫全書珍本初集

經部

春秋類

商務印書館受教育部中央圖書館籌備處委託景印故宮博物院所藏文淵閣本

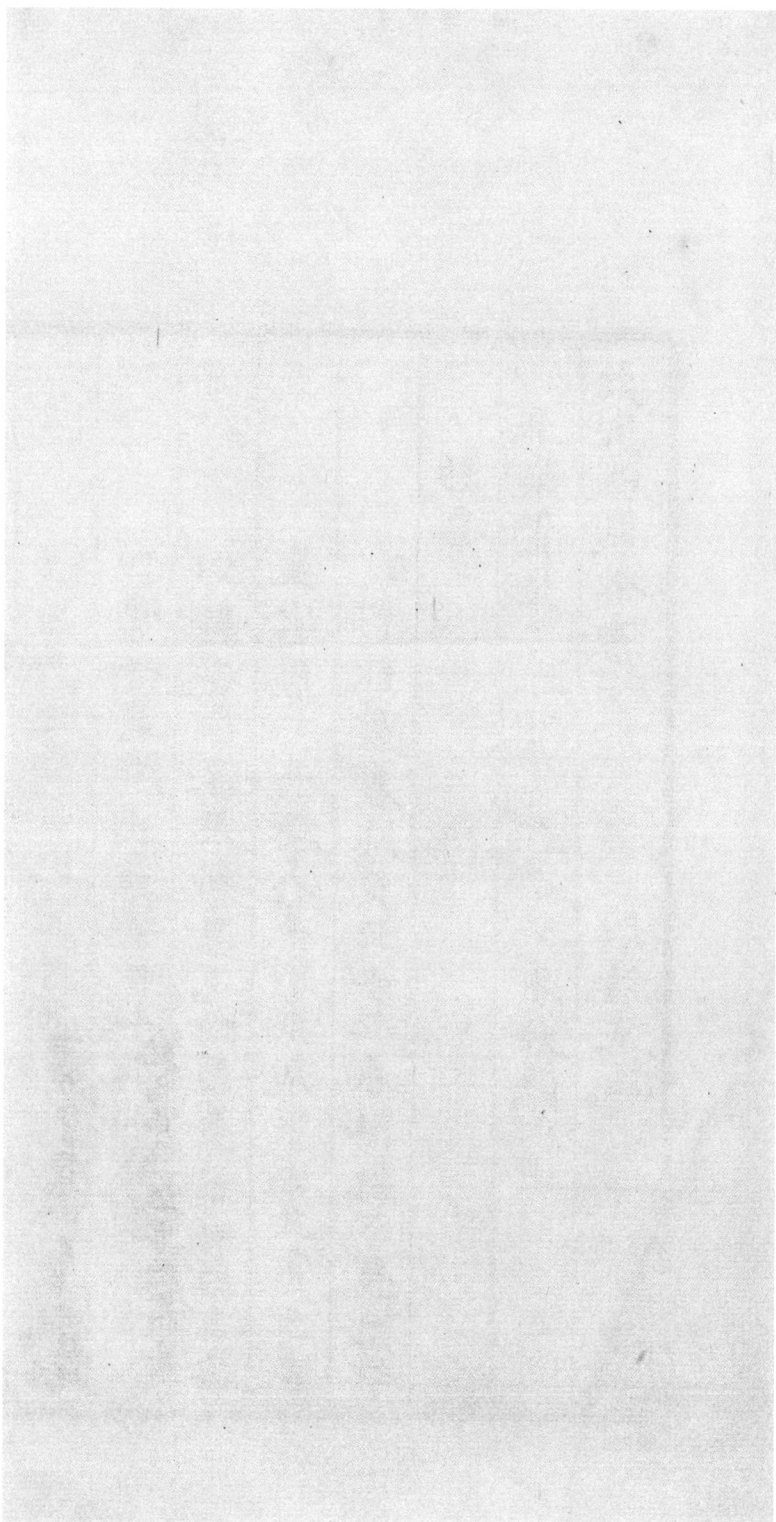

詳校官監察御史臣沈孫瑆

給事中臣溫常綬覆勘

欽定四庫全書　　經部五

春秋質疑　　春秋類

提要

臣等謹案春秋質疑十二卷明楊于庭撰于庭字道行全椒人萬歷庚辰進士此書之旨以胡安國春秋傳意主納牖褒諱抑損不無附會於春秋大義合者十七不合者十三又於左氏公穀或採或駮亦不能悉當因為條

摘論列之如胡氏謂春王正月乃以夏時冠
周月于庭則引禮記孟獻子曰正月日至可以
有事於上帝七月日至可以有事於其祖證日
至之為冬至即知周以子月為正月又胡氏
謂經不書公即位為未請命於王于庭則引
文公元年春王正月公即位越四月天王使
毛伯來錫公命成公八年秋七月天子使召
伯來錫公命據此則錫命皆在即位之後數

年或數月可知前此之未嘗請命而皆書即
位胡說未可通又胡氏以從祀先公爲昭公
至是始得從祀於太廟于庭則謂季氏斬昭
公不得從祀其事不見於三傳至馮山始創
言之胡氏不免於輕信凡此之類議論多精
確可取固非妄攻先儒肆爲異說者比也乾
隆四十三年七月恭校上
總纂官臣紀昀臣陸錫熊臣孫士毅

欽定四庫全書

提要

總校官臣陸費墀

春秋質疑原序

自公羊氏穀梁氏出而左氏絀自胡氏列之學官而公穀亦絀然其徵事不于盲史乎其參訂不于二氏乎而若之何華衮也斧鉞也一切尸祝胡氏而亡敢置一吻也盖孔子晚而作春秋其微者使弗知也即知之弗使告也而七十子竊聞之則退而私論之盲史掌故而高與赤亦西河之徒也耳而目之而猶以為如天地之摹繪焉而不得而况乎生于千百世之下而姑臆之乎胡

氏矻矻摘三傳之類而擷其華語多創獲其于筆削之義邇矣然其議論務異而其責人近苛間有勦公穀而失之者以王子虎為叔服公孫會自鄸出奔之類是也亦有自為之說而失之者卒諸侯別于內而以為不與其為諸侯滕自降稱而以為朝桓得貶之類是也庭少而受讀嘗竊疑之歸田之暇益得臚列而虛心榷焉榷之而合者什七不合者什三則筆而識之而質疑所繇編矣博士家謂三傳出而春秋散而胡氏執牛耳也呂

不常懸書于市而詔之曰更一字者予千金此必不得之數也夫既列胡氏于學官而噤左公穀之口是懸之市也既懸之市而余猶置一吻于其間是吾家子雲老不曉事而恨不手不常之金以歸也蓋漢人之祀天也以牛夷人之祀天也以馬而天固蒼蒼也祀以牛以馬不若以精意合也夫不以精意求聖人而執胡氏誚左公穀是祀天而或以牛或以馬也茲余所繇疑也萬歷己亥春王正月穀旦楊于庭序

宋王荆公疑春秋經筵不以講學宫不以列萬世非之荆公疑其所以治春秋者耳春秋孔子之刑書筆則筆削則削雖其門人弟子文學如游夏不使賛一辭平居之雅言不及焉必其鈇鉞華衮之微旨有未易以語人者而安在其後世諸儒盡管窺之而蠡測之也漢元康甘露之間名名儒大議殿中平公穀異同宗公羊者詘穀梁尊穀梁者亦詘公羊賈長沙獨訓故左氏傳中壘校尉歆篤好之白左氏春秋可立至移書太常責讓其

屈三者遞興廢然左氏不得與公穀並重矣荆公之時胡氏書未出彼其睹漢以前儒為公穀氏之學者或用以繩下或傳為峻文雖以董江都之賢治公羊與胡毋生同業不免于菑異事應之説而張禹之善左氏其流為陳欽子佚以授王莽陰移漢祚其心竊非之是以敢罷去之而不顧疑其治春秋者而并以廢孔氏之春秋此荆公之大失也蓋至胡氏之學興而三傳茀廢矣非胡氏之能廢三傳也左氏詳於事而畧於義後世讀之

者第好其文而已公與穀則不幸而出於漢世也吾以為左丘明生魯春秋之時與夫子同恥又身掌國史典故其所著書即於義例未甚明于事故詳其譔述當不至大謬公穀及夫子之門人沿流得之子夏蓋亦有傳授者義例之興于左氏烈矣至其二家之互相牴牾則榮廣眭孟之徒為之也胡康侯當宋南渡之世折衷春秋傳以進其意主於納牖褒諱抑損不無附會焉核非不精而精或以鑿裁非不嚴而嚴或以拘其炳大義者

固多其不盡符者亦有之孟子曰春秋天子之事也又曰詩亡然後春秋作事則齊桓晉文文則史義則竊取之矣摘事於文左氏是已公穀義之所由興也但孟氏稱天子之事諸儒稱孔子匹夫之事孟氏不言假南面之權諸儒言孔子假之夏時冠月之類不啻多矣故其書之所可疑者衆也孔門惟子夏可與言詩詩序子夏之所作也宋儒黜以為非子夏之所作也三百篇之詩無淫者詩序廢而詩有淫矣何者序亦不幸而出於漢

世也則又何論公穀乎魯魚亥豕其訛相似其誤不遠郢書燕燭解之愈精失之愈甚矣楊先生於六籍靡所不窺讀春秋間不滿胡氏説輙置疑焉彚而成帙以質四方楊先生者春秋之孝子公穀之慈孫而胡康侯氏之忠臣也余故弁而論之以為麟經鼓吹云萬歷庚子五月穀旦邱應和序

春秋質疑

凡例

一今代表章胡氏余讀之而當于心者不述述余疑者

一凡左公穀之說胡氏採之而當于余與夫駁之而當于余兩不述余述夫採之駁之而疑者

一義不係褒貶而其事可以證古今觸議論者述

一四傳語殊雖義不係褒貶而其紕而可摘者述

春秋質疑卷一

明 楊于庭 撰

隱公

春王正月上

胡氏曰周以建子為歲首則冬十有一月是也建子非春乃以夏時冠周月者此所謂行夏之時而見諸行事之驗也余曰非也藉令建子建丑而遂以子丑之月為

春則胡氏之說非也若但以子丑之月為歲首而仍以寅為春則胡氏之說亦非也何言乎以子丑之月為春而胡氏之說非也史伯璿曰行夏之時時者兼春夏秋冬而言之者也既有所謂夏之時則必有所謂商之時周之時矣夏之時以建寅之月為春則周之時必以建子之月為春矣若周之時春亦建寅無異于夏則又何必曰行夏之時哉余按果如此說則是周人建子即以子為春而所謂春王正月者乃孔子從周而不變而杜

預所謂所用之歷即周正者此也安在其行夏之時而見諸行事之驗乎故曰建子建丑而遂以子丑之月為春則胡氏之說非也何言乎以寅為春而胡氏之說亦非也伊訓惟元祀十有二月蔡沈曰商建丑故以十二月為正三代雖正朔不同然至于紀月之數皆以寅為首非獨蔡沈有是論也胡氏亦曰前乎周者以丑為正其書始即位曰惟元祀十有二月則知月不易也后乎周者以亥為正其書始建國曰元年冬十月則知時不

易也建子非春明矣愚按果如此言是周人雖以子為
歲首而至于春夏秋冬則未嘗不以寅為序初非以冬
為春春為夏夏為秋秋為冬也至仲尼作春秋乃冠夏
時于周月之上而以冬為春是本欲行夏之時而反紊
亂天地四時之序大不若建子建丑而仍以寅為春者
之為妥矣故曰以寅為春而胡氏之説亦非也然余嘗
考左傳僖公五年春王正月辛亥朔日南至註曰冬至
也隱九年三月癸酉大雨震電桓十有四年春正月成

元年二月無氷桓八年冬十月雨雪定元年冬十月隕霜殺菽皆以爲災而特書之則信乎以十一月爲正月矣總之以冬爲春者乃魯史從周而聖人因之而不變正所謂今用之吾從周者也至于告顔子以行夏之時則又斟酌百王所謂某有志焉而未之逮者與此正不相妨也以爲冠夏時于周月之上則鑿矣

春王正月中

或問于余曰夏時冠周正此非獨胡氏之言而程子之

言也程子曰周正月非春也假天時以立義耳余應之曰理有不可從者尚書序漢儒以為孔子所作今猶議之況程子乎夫春王正月此夏正之十一月也以十一月為正月而遂以為春此周正也魯人世遵之者也非本無此事而孔子創為之者也何以明其然也禮記明堂位曰季夏六月以禘禮祀周公于太廟雜記孟獻子曰正月日至可以有事于上帝七月日至可以有事于其祖夫日至者冬至也七月日至者夏至也魯本以季

夏六月禘至孟獻子改為七月故又曰七月而禘獻子
為之也則是魯人明以建巳之月為季夏矣既以建巳
之月為季夏則建子非春而何故曰以冬為春此周正
也魯人世遵之非孔子創為之者也十一月可以為春
乎曰何不可也春之為言蠢也萬物蠢蠢然動也一陽
初生管灰吹動即以為春何不可也總之天開于子地
闢于丑人生于寅以故三代迭用之然非自三代始也
甘誓曰怠棄三正則自唐虞以前固有建子建丑者矣

特以歷起于子丑終不如建寅者為盡善故孔子獨取夏時焉而非謂建子丑為不可也惟秦以建亥為歳首則不過區區厭勝之術而其去三正之義遠矣或曰與其託之空言不若見之行事則以夏時冠周正不亦可乎余應之曰行夏之時此平日論為邦則然非謂纂修國史可遽改也信如胡氏之説使聖人修輿服志改周輅為殷輅乎脩禮樂書改武舞為韶舞乎春秋一書本為亂臣賊子而作所紀之王周王也所列之諸侯周諸

侯也所用之正朔周正朔也若以夏時冠于周月之上
是先并時王冬春之序而黜之而已之無王亦已甚矣
又何以討亂臣賊子乎
春王正月下
春秋尊王乎曰然曰隱公元年平王之四十九年也書
法宜曰王四十九年春正月而今年用魯月用周者何
也以是推之是年齊僖公祿父必自稱九年晉鄂侯郄
必自稱二年曲沃莊伯鮮必自稱十有一年衛桓公完

必自稱十有三年蔡宣公考父必自稱二十有八年鄭莊公寤生必自稱二十有二年曹桓公終生必自稱三十有五年陳桓公鮑必自稱二十有三年杞武公必自稱二十有九年宋穆公和必自稱七年秦文公必自稱四十有四年楚武王熊通必自稱十有九年傳曰先王建萬國以親諸侯又曰周之初封千八百國夫千八百國必千八百元年也紛紛不同尚謂大一統歟余應之曰古者諸侯國必有史史必以其君即位之歲紀元元

年春正月者魯史也元年春王正月係之王者聖人之
特筆也晉之乘楚之檮杌魯之春秋皆史也則皆以其
國君紀元者也至如稱于天子曰朝曰聘稱于友邦曰
聘曰朝曰盟曰會曰遇曰納幣曰胥命未有不用天子
之正朔而紛紛自紀其元者何以明其然也臯鼬之盟
將長蔡于衛也祝佗舉踐土之舊以爭之曰其載書云
王若曰晉重魯申衛武蔡甲午鄭捷齊潘宋王臣莒期
夫觀異姓必列于同姓之後則其舉周正以號令諸侯

也審矣唯吴楚僭王則其盟會必有自紀其年而不用天子之正朔者此春秋所以亟斥之也歟

不書即位

穀梁之言是也按惠公元妃孟子卒繼室以聲子生隱公宋武公生仲子仲子生而有文在其手曰為魯夫人故仲子歸于我生桓公禮諸侯不再娶仲子于惠公不過妾耳有文在手安知非附會乎而又安得遂以為夫人乎隱桓均之乎庶而隱公兄也桓公弟也立庶以長

桓公安得立隱公又安得成先君之志而欲與桓哉禮人子從治命不從亂命先君之欲與桓亂命也從亂命而遂以與桓此劉愷丁鴻區區之行聖人所不與也故不書即位胡氏謂上不稟命于天子故不書然春秋之書公即位者多矣豈曾稟命天子哉

天王使宰咺來歸惠公仲子之賵　天王崩

武氏子來求賻

襃救衛則王人子突以下士而書字貶歸賵則宰咺以

冢宰而書名春秋之予奪嚴矣然以天王之加禮于魯如此而比其崩也不奔其喪不會其葬恝然若行道之人焉于是武氏子求賻而魯若罔聞知也是尚有人心乎穀梁曰周雖不求魯不可以不歸魯雖不歸周不可求曰來求賻交譏之也得其旨矣

宋公和卒

胡氏曰諸侯曰薨大夫曰卒五等邦君而書卒者周室東遷諸侯專享其國而上不請命故聖人因其告喪特

書曰卒不與其爲諸侯也苛乎是棄灰于道者有刑耳孟子曰子以爲有王者作將比今之諸侯而誅之乎抑教之不改而後誅之乎夫二百四十九年之間豈無一人請命于天子者而何以槩書卒也然則何居曰春秋魯史也内卒曰薨外諸侯卒曰卒

葬宋穆公

胡氏曰宋殤齊昭書弑不書葬討其賊也晉景公葬止公故不書諱其辱也吴楚之君不書葬避其號也余曰

是也胡氏又曰魯宋盟會未嘗不同而三世不書葬治其罪也余曰非也桓公未葬而襄公會諸侯入春秋亦有陳子會溫之例何至幷其父葬而削之乎襄公成公並無大罪所云治其罪者何罪也然則三世不葬者何也桓公成公魯或不會或史失之襄公死于泓為中國諱也

葬衛桓公

胡氏曰衛本侯爵何以稱公見臣子之不請于王而私

自謚爾余曰非也桓公父莊公莊公父武公即所謂抑戒睿聖者以是知衛之稱公久矣諸侯生從其爵卒則稱公此孝子慈孫之用心聖人所因而不革何謂請命不請命乎即使請命而天王亦不能以初封之爵稱之矣胡氏又曰失位而見弑何以為桓忠孝者不忍為也然嘗考之春秋衛侯完並無失德直以州吁有寵于先公而阻兵安忍其見弑也亦不幸耳豈有幽厲之惡而可以惡謚加之乎

齊侯使其弟年來聘

齊侯使弟年來聘鄭伯使弟語來盟此亦據其事而書之非貶之也以為譏其有寵愛之私者鑿也

附錄

有文在手為魯夫人左氏之誣也桓幼而貴隱長而卑公羊之舛也然則隱何以不書即位曰吾從穀梁邾儀父附庸也例稱字左氏以為貴之公羊以為與公盟而襃之穀梁以為男子之美稱失其旨矣

鄭伯克段于鄢左氏曰段不弟故不言弟如二君故曰克稱鄭伯譏失教也噫備矣鄭伯曰寡人有弟不能和協而使餬其口于四方公穀皆以為殺何據

宰咺歸賵仲子卒矣左氏以為未薨豫凶事非也穀梁以為惠公之母孝公之妾非之非也

入極造其國都也非滅也公穀以為滅同姓非也無駭卒未賜族也以為惡滅極而削其族尤非也

尹氏卒左氏作君氏聲子也然哀公之母定姒書卒

書葬聲子何以不書葬以是知其非聲子也天王崩公羊以爲天子記崩不記葬故不書則桓襄匡簡景之志崩又志葬何也

鄭伯不王天下之惡一也而左氏曰周鄭交惡是夷周于諸侯也甚矣其僭于冠履之分也

宋穆公舍其子而立與夷左氏曰宋宣公可謂知人矣立穆公其子饗之命以義夫君子曰否公羊氏曰君子大居正宋之禍宣公爲之也

衛人立晉惡其無王命父命而擅置其君也然當是時王命固絶望矣苟有父命則猶可也故于齊陳乞弑荼發之荼固有父景公之命也然亂倫干討則雖以父命不能抗王命故又于衛侯朔發之朔雖有父宣公之命而四國納之則聚王人救衛則褒以王命不與其為諸侯也然王命雖重苟非制命以義亦將壅而不行故又于首止之盟發之以見天子之私愛可奪而大義不可揺此所謂大居正也

考仲子之宫曰仲子不與其為夫人也不與其為夫人則桓公之自以為當立與隱公之欲讓桓皆非也取郜取防左氏以為鄭莊公于是乎可謂正矣以王命討不庭不貪其土以勞王爵正之體也噫不能三年之喪而緦小功之察惡乎正入許而不取使大夫百里奉許叔居東偏左氏以為鄭莊公于是乎有禮許無刑而伐之服而舍之度德而處之量力而行之可謂知禮矣噫放飯流歠而問無齒決惡乎知禮

春秋質疑卷一

欽定四庫全書

春秋質疑卷二

明 楊于庭 撰

桓公

滕子来朝

滕侯爵也降而稱子胡氏以為朝弑君之賊而黜之非也自桓二年以至于定哀之世滕或卒或會或盟或来朝或會葬止稱子春秋之法惡惡止其身若以為朝桓

得貶何故并其二百餘年之子孫而盡削之乎則聖人亦太苛矣然則書滕子者何也曰滕本小國自入桓以來其君不能用侯禮自比子男故聖人因而稱子亦如杞伯用夷禮稱杞子也若其朝弒君之賊則直書來朝而惡自見矣

公子翬如齊逆女

隱公世翬再帥師不曰公子此曰公子翬者何也翬為桓弑隱故春秋以此為桓公之公子翬耳

州公如曹　寔來

一州公寔也以公禮如曹則書州公失國而不返則書寔以此見有天下國家者不可一日而不以禮自强而古之帝王所以兢兢業業一日二日萬幾者以此孟子斥紂為獨夫說者曰一日之間天命未絕則為天子一日之間天命已絕則為獨夫繇州公寔之事觀之可見矣故桓十一年鄭忽出奔衛莊二十四年曹羈出奔陳夫忽羈皆君之世子君卒而國固其國也不能自立至

于出奔而春秋直斥曰忽曰鸝豈不與寔來之義觸類

哉

子同生

國君生子恒事耳春秋十二公獨桓公書子同生何也

謹之也于是文姜淫周公之血肩不可不謹也

穀伯綏鄧侯吾離來朝

諸侯不生名來朝而名左氏以為賤之者是也何賤乎

陋而雜夷不能行朝禮焉耳胡氏以為朝弑君之賊故

貶而書名然僖二十九年經兩書介葛盧來豈亦以其朝弑君之賊而名之乎又況同一朝桓也滕侯則貶而稱子至併其二百餘年之脩而不貫穀伯鄧侯斥而書名比于失地滅同姓者然其視滕侯之罰則少輕矣邾人牟人葛人小國稱人此常事也春秋聖人之刑書信如胡氏之說何其酷罰于滕繼罰于穀鄧而獨恕于邾牟葛乎則聖人之刑亦頗矣然則朝桓無貶乎曰相率而朝弑君之賊此直書來朝而惡自見者也

亡秋冬二時

桓之春正月無王也定之春王無正月也胡氏以為聖人削之而余信以為然也桓七年之亡秋冬二時也胡氏亦以為聖人削之而余不敢以為然也然則何也曰此夏五郭公之類而孔子所謂吾猶及史之闕文也若以為弒君之賊天王及諸侯莫能討其罪者故削秋冬二時以示法然定之十四年經有秋而無冬杜預曰史闕亦將引胡氏討賊之說而曲解之乎且二百四十九

年之間弑君之賊亦多矣而何獨于桓削二時也
盟于折　會于夫鍾　于闞　盟于穀丘　會
于虛　于龜　及鄭師伐宋
屢盟而遽伐其國無信不獨宋矣沒公諱之也孟子所
謂行有不得者皆反求諸已此王者之事寡怨之方也
許叔入于許
許本無罪齊鄭以强逐之今乘鄭亂復入于許故聖人
因而書之曰入于許者無貶無襃之辭且以明夫向不

得入而今始得入亦以甚逐者之罪也胡氏謂宜上告天子下告方伯而後入此與揖讓而救火何異焉

葬蔡桓侯

桓侯謚侯胡氏以為獨請謚也按春秋二百四十九年之間止一桓侯謚如其爵其餘雖曹伯薛伯杞伯滕子許男之屬亡不謚公者豈無一人請謚于天王乎胡氏以為周衰諸侯皆不請謚然齊自太公魯自魯公歷十餘世而入春秋亡不謚公者齊哀公以紀侯之譖為周

所烹尚稱曰公周天子之威既可以烹大國之君而巳
忌豈容其不請謚乎陳起胡公申公世世謚公或曰陳
王者之後得謚為公然春秋止書陳侯不曰陳公也鄭
止伯爵桓公卒于未東遷之前當時禮樂征伐尚自天
子出何得不請謚而亦謚曰公乎然則死而謚公者乃
公侯伯子男之通稱矣桓侯之稱侯何也曰傳失之也
晉仇何以稱文侯曰晉自唐叔而後世世稱侯至武公
而始謚公也則命文侯而不曰公者仍其稱也

葬我君桓公

弑不書葬葬我君桓公譏莊公之忘父讐也傳曰讐在外者外也

附録

宋督弑君左氏曰君子以督為有無君之心而後動于惡故先書弑其君取郜大鼎于宋納于太廟左氏曰君人者將昭德塞違以臨照百官而寘其賂器于太廟其又何誅焉國家之敗由官邪也官之失德寵

賂章也聖人復起不易斯言矣

穀梁以為桓不書王書王為正宋公與夷曹伯終生之卒又以為孔父父字也不名孔子為祖諱也皆曲說也

宰渠伯糾公羊以為下大夫非也

蔡人殺陳佗討弑君也公穀以為佗淫于蔡蔡人不知其為陳君也而殺之舛矣

焚咸丘魯地也書焚譏掩羣也公穀以為邾婁之邑

非也

宋人執鄭祭仲穀梁曰宋公稱人貶之也胡氏曰祭仲不名命大夫也曰執責祭仲也得其旨矣公羊以為賢祭仲為知權何居且自反經合道為權之說出而世儒始有決裂名檢以濟其私者

突不書鄭突不當有鄭也忽書鄭忽當有鄭也當有鄭而名之何失國之辭也知突不當有鄭則庶孽不可萌奪嫡之心知忽以失國而書名則人君不可不

自强于为善

春秋質疑卷二

欽定四庫全書

春秋質疑卷三

明　楊于庭　撰

莊公

不書即位

父仇未報正人子枕戈嘗膽之時而莊公且詑詑焉為之主王姬為之伐同姓為之狩于禚其忘親事仇亦已甚矣削不書即位譏之也胡氏以為内無所承上不請

命者迂也

紀季以酅入于齊　紀叔姬歸于酅　紀叔姬

卒

有紀季以酅入于齊而後紀叔姬可歸于酅何者五廟在也微紀季則宗廟毁矣叔姬安歸乎以是知季之于祖禰也孝于姑姊妹及酅人也仁于利害存亡之際也智特書字嘉之也非但亡貶而已春秋卒内女皆諸侯之夫人也叔姬非夫人特伯姬之媵妾耳而仗節守義

不以國亡虧婦道故聖人筆之于經以愧天下後世之
為人臣妾而有二心者紀已亡矣而書紀叔姬叔姬固
紀之叔姬也朱子作綱目韓已亡而張良書韓人晉已
亡而陶潛書晉徵士得春秋之遺意矣

紀侯大去其國　齊侯葬紀伯姬

紀侯大去其國憫之也善之也何憫乎紀小而逼于齊
齊大而暴于是乎紀季姜歸于京師盖藉庇于天子矣
而天子不能庇紀侯來朝公會紀侯于成盖求援于魯

矣而魯辭不能公會紀侯鄭伯及齊侯宋公衛侯燕人戰蓋嘗連三國之兵以抗之矣而齊不可以兵恐公會齊侯紀侯盟于黄蓋嘗徼惠魯侯以好會矣而齊不可以好求則為紀侯者所謂亦莫如之何也不得已使其弟以酅入于齊以存五廟而已則委而去之并土地人民儀章器物之屬而棄之如敝屣則其情誠迫而其志誠可悲矣是以聖人存其爵而不書其名以是為善之也不然失國不返一州實耳實何以名又削其爵乎胡

氏以為異于太王之去豳而不知太王國于邊方空濶之境雖經屢徙尚可立國春秋之世尺地一民莫不有主紀侯徙將安之執此以責紀侯則又泥矣上書紀侯大去其國而下書齊侯葬紀伯姬正所謂不沒其實甚齊侯之暴于逼紀也閔公弑書公薨而下書夫人姜氏孫于齊公子慶父出奔莒聖人之書法類如此至如葬紀伯姬則所謂不能三年之喪而緦小功之察胡氏譏之備矣

齊人取子糾殺之

糾稱子胡氏以為不當稱也甚齊桓也然則魯無罪乎

穀梁曰言取病内也猶曰取其子糾而殺之云爾以千

乘之魯而不能存子糾以是為公病矣

同盟于幽

許男男也而叙于滑伯滕子之上可見春秋以强弱大

小為班不復知有先王之爵矣聖人因而書之盖傷之

也又況滕子稱子距朝桓者已三十餘年何得以一事

之失而誅及其子孫乎後倣此

郭公

郭公何曰甲戌己丑陳侯鮑卒及夏五郭公見聖人之闕疑也必以郭公為郭亡而膚引齊桓公問父老之説非余所敢知也

齊人伐衛衛人及齊人戰衛人敗績

齊稱人貶之也以王命伐衛正也取賂而還非伯討矣故貶而稱人胡氏以為將卑師少者非也

公子牙卒

三傳及胡氏皆以為季友酖之也不書刺善季友也疑者曰公子牙慶父之母弟也慶父欲為亂而牙先以病卒天存魯也夫子雖為魯喜而經無異詞乃皆以為季子之酖夫季子不能誅慶父于弑君之後安能以叔牙一言之失而遽酖之乎若疑其後為叔孫則慶父縊死後亦有後况春秋弑君之賊如齊殺無知而其後有仲孫湫宋殺華督而其後有華耦華喜陳殺夏徵舒而其

後有夏翳夏區夫豈皆飲酖而許立者吾姑存疑焉

附錄

紀侯大去其國公羊曰不言滅為齊襄公諱也何諱乎復讐也何讐乎紀侯譖哀公烹乎周九世矣九世可以復讐乎雖百世可也余曰不然季文子欲逐公孫歸父也臧宣叔怒曰當其時弗能治也後之人何罪先王之罰罪人不孥九世而以讐報非矣

糾不係之齊不當立也穀梁以為當可納而不納齊

變而後伐故惡内也非也

宋萬弑君胡氏曰太宰督亦死于閔公之難而不書身有罪也是也惠伯死于子惡之難而亦削而不書非君命也非也子惡不書弑為國諱也既諱子惡則不得不併惠伯諱之矣惠伯何譏焉

鬻拳兵諫目為愛君陋哉左氏之見也自此説一倡而後世有興晉陽之甲以除君側之惡而託之乎忠者

君舉必書書而不法後嗣何觀曹劌之諫如齊觀社也儉德之共也侈惡之大也先君有共德而君納之大惡無乃不可乎御孫之諫刻桓宫桷也男贄玉帛禽鳥女贄不過榛栗棗脩男女同贄是無别也御孫之諫宗婦覿用幣也左氏備矣

曹羈出奔陳赤歸于曹與郭公上下不相蒙也公穀以為赤即郭公謬哉論也以曹殺其大夫而不名為曹羈諱則又舛矣

大夫如他國未有書所為者曰公子友如陳葬原仲譏私交也公穀以為避公子慶父公子牙之難故有所託而如陳謬也

紀叔姬一亡國婦耳歸于酅書卒書葬書紀侯失國猶書大去其國而不名也齊襄公逐人之國夷人之社稷亦云暴矣而内亂禽獸行書會書享屢見于經南山載驅詩又屢刺焉其後卒死無知之手比之紀侯紀叔姬所得孰多則信乎齊景公之富不如夷齊

之貧也

一年而三築臺甚之也繼書冬不雨以是為無閔民之心矣

春秋質疑卷三

欽定四庫全書

春秋質疑卷四

明　楊于庭　撰

閔公

不書即位

公穀以為繼弑君者是也必以為内無所承上不請命者則胡氏之迂也

齊仲孫來

仲孫不名嘉之也何嘉乎齊桓來魯亂有窺魯之心而仲孫勸以務寧魯難親有禮聖人以是為能存魯也故嘉之下文所謂齊高子來盟即此意也不書使嘉其存魯也若以書來為交譏則高子來盟何以為美乎既譏之必名之矣

附録

齊仲孫來仲孫湫也公羊以為即公子慶父何居

公子頑通于宣姜詩所為刺鶉之奔奔墻有茨也夫

以庶子而通其嫡母此何等事也而人可强使之者乎又豈有身為君夫人母儀一國而人可强使與子姦者乎左氏曰初惠公之即位也少齊人使昭伯烝于宣姜不可强之生齊子戴公文公宋桓夫人許穆夫人則齊東野人之語也

春秋質疑卷四

欽定四庫全書

春秋質疑卷五

明 楊于庭 撰

僖公

不書即位

公穀以為繼弒君者是也胡氏以為内無所承上不請命廷也

季友敗莒師于酈

檉之會返席未安也而即襲敗邾人之歸師曲在我矣故書曰公敗邾師于偃至如慶父弑君天下之惡一也莒不以為罪而受之至是而復伐我以求賂此所謂敵加于已不得已而應之者尚可以敗之者為罪乎曰敗莒師于酈獲莒挐嘉獲之也此與公敗邾師于偃所謂美惡不嫌同辭胡氏以為詐謀擒其主將誤矣

夫人姜氏薨于夷齊人以歸　葬我小君哀姜

哀姜與弑二君胡氏以為齊人殺之可也以尸歸魯不

可也既歸于魯則子無絶母之義不得不以小君葬之矣余謂哀姜之事與文姜異文姜雖與聞乎弑而諸侯未聞有討之者莊公親其子也父薨之後又二十有二年而後薨則雖欲不以小君之禮葬之不可得矣哀姜奔邾不還義與廟絶齊侯名而殺之于夷諸侯亡不聞者僖公雖厚于嫡母取而葬之足矣何必隆之以小君之禮而祔食于太廟乎故經書齊人以歸譏齊也葬我小君哀姜譏魯也唐張柬之討武氏之亂先儒謂宜執武

后于太廟數其罪而賜之死余嘗非之以為中宗親其子而五王又中宗之臣此莊公所不得貶文姜者也然繇斯以談亦足以證葬我小君哀姜者之為過矣

侵蔡蔡潰遂伐楚

胡氏曰書遂伐楚譏專也謂不請命于天子也伯主之專久矣若以為譏則名陵盟楚何者而非專乎然則書遂者何也大桓公之伐楚也蔡黨于楚因其嫁蕩舟之姬之釁而合諸侯以侵之蔡潰而楚已披其黨矣于是

遂聲楚罪而致伐焉所謂以小為大有名之師也故春
秋大之至其不請命于天子則桓之所以止于桓而仲
尼之徒之所不道也

許男新臣卒

卒許男常事爾以為不卒于師于會而亟歸為不知命
則臆說也

晉人執虞公

傳曰不書滅不與滅也其曰晉人執之者猶衆執獨夫

云耳然則晉無貶乎先王之制班爵有等晉以侯而執天子之上公而天子不能討方伯不能詰故削而稱人諱之也盂之會楚以子執公則諱國韓之戰秦以伯獲侯則諱人棐林之役趙盾以大夫會諸侯則諱之曰師其意遠矣

禘于太廟用致夫人

用致夫人如史記夜致王夫人之致蓋已死者左氏曰哀姜近之削姓氏貶之也以其與聞乎弑而不宜祔食

于先公也若曰成風則成風薨于文公之四年此時尚亡恙縱立以為夫人何曰用致

齊侯小白卒　葬齊桓公

入春秋而王室之衰甚矣然而桓王伐鄭則三國從之四國伐衞納朔則王人子突救之雖不得盡行其志而餘威猶存也宰咺之賵凡伯南季宰糾仍叔子之聘榮叔之錫以魯一國觀之則所以羈縻天下者可知是諸侯猶藉王命以為重也則天子之于諸侯猶未截然扞

格苟有能與之者猶足與為政于天下也使齊桓毅然舉太公之履以修周召共和之舊修朝覲聘問之禮為諸侯倡侵伐盟會必歸命于天子然後扶控大小庶邦以問罪于天下如宋萬魯慶父之弒逆則誅之諸侯有自相侵伐者則討之捍戎于曹攘狄于衛因以責貢于楚天下有不翕然尊周者乎顧乃強摟諸侯而盟之入春秋未有書滅者有之自桓公始一曰齊師滅譚再曰齊人滅遂以誅其首創滅國之罪而至于齊人殲于遂

則直書之以志天道之好還他如伐衞而取賂侵陳而
書人執轅濤塗與次匡救徐之事種種皆聖人所不與
其伐楚也不敢斥其僭王而第舉包茅不入之小者昭
王不返尤為無謂豈非以自反不縮而然乎身死蟲出
至于九月而後葬其德之入人淺矣仲尼之徒無道桓
文之事者以此

邾人執鄫子用之

用鄫子者伯主之虐而書邾人惡邾子之為伯主使也

春秋之法罰并其黨則為惡者懼矣

冬會陳人蔡人楚人鄭人盟于齊

沒公不書者何曰罪魯之首于師中國以會楚也魯周公之後列國之望也齊桓北杏之會不得魯則諸侯不親楚頵薄之盟不得魯則宋公不釋魯之為天下重久矣莊二十八年秋荊伐鄭公會齊人宋人救鄭齊宋師少將卑而公親會善公之事霸謹也謹于事霸者謹于尊中國也今桓公甫沒而首師中國以盟楚使其後楚

得執宋公而遂列位陳蔡之上非此會階之乎至公子遂如楚乞師公以楚師伐齊取穀則興戎召禍為惡已甚雖欲諱之而不可得矣

宋公茲父卒

宋襄公卒傷于泓故也不書葬傷中國也宋先代之後爵上公繼齊桓為諸侯盟主而楚以蠻夷執之于會又親集矢于其股卒以傷死而諸侯不能救也不亦傷乎春秋有弱其君而不葬者如滕侯宿男之類而魯宋匹

敵僖公又曾盟于薄釋宋公則决非恝然于襄公之葬而不使使者其為傷中國亡疑也

天王出居于鄭

天王出既赴告于魯則其入魯未有不知之者也然而不書者何也削之也何削乎削晉文公之納王也何削乎納王納王臣子之常分也而文公振振然矜之于是乎請隧而不與也則又多受田于周至于俘天子之親姻而不顧故仲尼以為不足書也

公會諸侯盟于宋

不曰會楚子而曰會諸侯諱之也何諱乎存中國也

執曹伯　執衛侯　圍鄭

甚矣二伯之忮也以不禮而滅譚以不至而滅遂以一語不協而執轅濤塗伐陳侵陳者齊桓也以觀駢脅而執曹伯畀宋人以不假道而執衛侯使酖之以不禮而圍鄭者晉文也甚矣其忮也宋藝祖有言塵埃中可識天子宰相則人皆物色之矣此王者之量王者之言也

盟翟泉

沒公而人列國之卿左氏以為卿會公侯胡氏以為盟王子虎余曰兼之也盟處父荀庚孫良夫郤犨者皆沒公則左氏之說何可少也

晉侯重耳卒

請隧名王盟王子虎齊桓之所不敢為也伐曹衛致楚已私許之復以怒之齊桓之所不屑為也一戰勝楚遂主夏盟八年之間威加天下齊桓之所不能為也以故

其効彌速道彌畢功彌高事彌譎矣雖然桓公沒而國大亂晉爲盟主百有餘年何也齊桓内嬖如夫人者六五公子爭而晉文之齊姜賢杜祁又賢以君故讓偪姞而上之以狄故讓季隗而已次之其家法勝也齊孝庸騖盟楚于國伐宋伐魯失其據矣晉襄之略不減于文旣退三强諸侯畏服靈成景厲代爭諸侯悼公蕭魚幾于王道其嗣述勝也管仲死齊無人焉晉則狐偃趙衰先軫隨會郤鈌欒書韓厥知罃魏絳之徒代不乏人師

武臣力其謀臣勝也晉大于齊諸侯畏之兼斯三者欲無霸得乎

附錄

齊為伯討哀姜是也惜乎其不能討慶父耳左氏以為已甚穀梁以為諱殺同姓非也

齊起臨淄距江黄二千餘里而楚不過八九百里楚悉師方城之外以伐江黄齊救未至而國已斃矣盟于貫會于陽穀說者皆善齊桓犄角以制楚然嘗考

管仲之言曰江黄遠齊而近楚若伐而不能救則無以宗諸侯矣桓公不聽其後楚人卒滅黄滅江而中國末如之何也使王者處此則必修文德以來之不至好大喜功而貽禍與國矣

許男卒劉敞引檀弓曰國君即位而為椑歲一漆之以是知死者古人之所不諱所謂生寄也死歸也漢世猶有古意賈誼上文帝書曰萬歳之後傳之老母弱子將使不寧嗚呼于今亦罕矣雖然今制上即位

即營山陵亦即位而為椑意也

楚伐許許男面縛銜璧大夫衰絰士輿櫬楚子問諸逢伯對曰武王克殷微子啓如是武王親釋其縛受其璧而祓之焚其櫬禮而歸之有諸乎曰否好事者為之也按尚書微子若曰我其發出狂吾家耄遜于荒今爾無指告予顛隮若之何其父師若曰商其淪喪我罔為臣僕詔王子出迪我舊云刻子王子弗出我乃顛隮自靖人自獻于先王我不顧行遯蓋微子

痛紂將亡已欲與家耄遯遯矣箕子然之以為商國將亡我等無為異國臣僕之理而其勢又不能久居于位蓋昔日我以王子賢而長請立之紂忌之久矣今若不去是我前日之言適害子也為王子計唯有出遯荒野以全宗祀無至顛躋我則當死職而不顧行遯也蓋微子之去不過出遯在野避紂亂豈有抱祭器而奔周如太史公所云乎祭器藏在太廟微子安得抱之而奔審爾是春秋所書盜竊寶玉大弓之

類何以稱仁武王克殷釋囚封墓之外不聞所以處微子者或以其遯野求之不獲及武庚誅而卒求得之始封之于宋耳且武王討紂之罪何與微子而面縛輿櫬耶左氏浮誇此其驗矣

沙鹿崩梁山崩不係之晉天下之辭也

卜筮聖人所以定猶豫自古記之然嘗考之左氏筮敬仲也曰此其代陳有國乎不在此在異國非此其身在其子孫可也必以為姜姓也太岳之後物無兩

大則羣合矣占嫁伯姬也曰士刲羊亦無衁也女承筐亦無貺也西隣責言不可償也可也必以爲姪其從姑六年其逋明年其死于高梁之墟則附會矣

滅項魯滅之也公穀以爲齊滅非也

衛伐邢左氏曰于是衛大旱甯莊子曰天其欲使衛討邢乎師興而雨此附會之說也何者仲尼即天也仲尼不與衛滅邢而斥名燬以是知天不與也

公羊多紕其曰獻捷不言宋爲公子目夷諱也又曰

泓之戰文王之師不過是也皆紕之紕者也
鄧祁侯不殺楚文王楚卒滅鄧楚成王不殺晉重耳
晉卒敗楚然則三甥子玉之言是乎以楚之强而鄧
殺其君其勢未有晏然而已者即殺重耳晉其無君
乎楚子重耳死天下之為楚子重耳者何可盡殺也
三甥子玉不勸其君以修德自强而區區殺其所忌
亦末矣
齊人伐我北鄙公使展喜犒師受命于柳下惠于是

柳下惠不知其年然業已為魯人所推重矣自此距會于商任而孔子生之歲八十有三年孔子長而交于四方則距柳下惠葢百餘年也孔子安得與柳下惠為友而盜跖又安得侮孔子哉莊周載盜跖篇余以為此非莊子之言也後人偽為之也

楚殺子玉說者以為晉再勝而楚再敗也然而敗軍之將于法應誅楚所以抗衡中國狎主齊盟者以此故城濮一敗即殺子玉泜水一退即殺子上鄢陵一

戰即殺子反屬國一叛即殺子辛國猶有章也栢舉喪師囊瓦奔鄭楚不能致辟焉而國浸以弱矣

春秋質疑卷五

總校官進士臣繆　琪
校對官中書臣李　荃
謄録監生臣王　焜

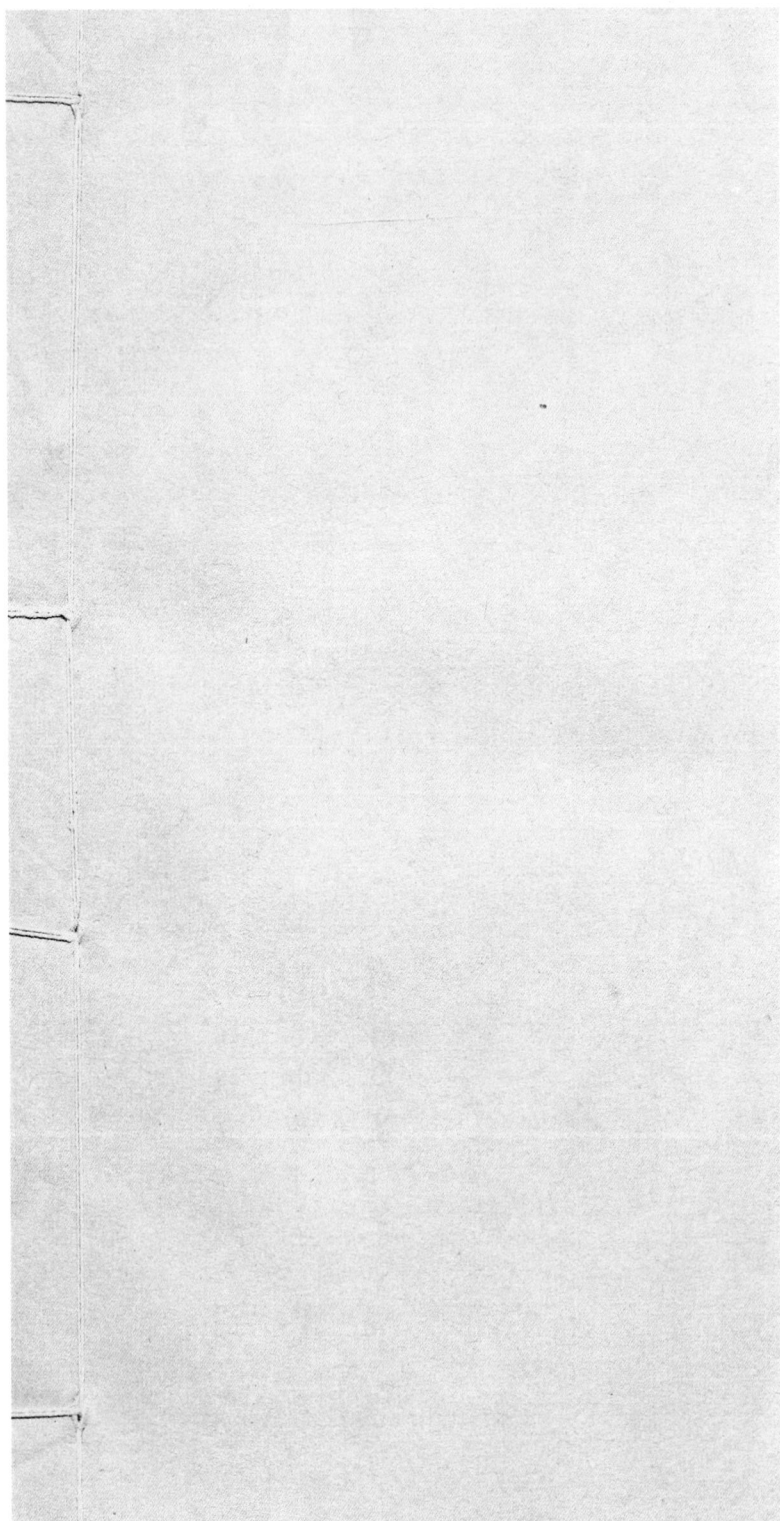

春秋質疑　二

詳校官監察御史臣沈孫瑾

給事中臣温常綬覆勘

欽定四庫全書

春秋質疑卷六

明 楊于庭 撰

文公

公即位

按周書顧命四月乙丑成王崩宰臣太保即于是日命仲桓南宮毛俾爰齊侯呂伋以二千戈虎賁百人逆王世子釗于南門之外延入翼室宅憂為天下主由是而

覲君薨嗣君即位豈有曠至月日之外者哉今考春秋書公即位者獨昭公客死而定公嗣位在半年之後此意如無君不可以為訓不必論至如十一月隱公弑正月桓公即位曠二月十二月僖公薨正月文公即位曠一月二月文公薨十月子卒正月宣公即位曠三月十月宣公薨正月成公即位曠四月八月成公薨正月襄公即位曠六月六月襄公薨九月子野卒正月昭公即位曠五月五月定公薨正月哀公即位曠十月夫桓之

繼隱宣之繼文猶為國有難也其餘皆父子繼體國家無事而或曠五月六月甚至十月而後立君天下有是事乎故曰國君已即位于初喪逾年改元而書即位者乃行告廟臨羣臣之禮亦如近日以明年為元年之例非實至是而始即位也雖然以是考之而益知隱莊閔僖之不書即位胡氏以為不請命于天子者謬矣何以明其然也文公元年春王正月公即位越四月天王使毛伯來錫公命穀梁曰禮有受命無來錫命錫命非禮也夫

文公錫命于即位之後則其即位也亦何嘗請命于天子哉而何以獨苛責隱莊閔僖四公也然則隱公不書即位信為成先君之惡而遂其邪而莊公之為忘父仇閔僖之為繼弒君審矣

王子虎卒

卒王子虎左傳以為同盟是也公穀謂即會葬之叔服而胡氏信之然按傳王子虎卒于文三年越十四年有星孛于北斗叔服尚占宋齊晉之君皆死亂何得以王

子虎即叔服耶胡氏既引叔服之言以傳星孛北斗而復傳王子虎為叔服則其人已死久矣其舛錯不倫抑又甚矣

晉殺其大夫陽處父

處父無譏乎檀弓趙文子曰行并植于晉國不沒其身其智不足稱也

公會諸侯晉大夫盟于扈

諸侯不叙以為不足叙也大夫不名志其專也義不在

于公之後至也胡傳未合

公孫敖卒于齊齊人歸公孫敖之喪

胡氏曰公孫敖之行醜矣出奔他國其卒與喪歸皆書于策者以文伯惠叔二子之哀誠無已也余謂不然凡為人子茍非悖逆之極未有不用情于父母者孔子作春秋以公天下而豈區區私一文伯惠叔哉班固酷吏傳因張安世子孫貴盛遂恕張湯世儒猶且詆之何況聖人筆則筆削則削莫尊于天子而王不稱天莫貴于

本國之君而沒公不書于册豈以一文伯惠叔而遂紀其不肖之父大書特書不一書也然則何居曰譏其寵有罪焉耳慶父弑二君負覆載不容之罪于法不當置後寵其子公孫敖以為卿固已頗矣敖又不肖聘于京師不至而復而奔莒從巳氏焉此不謂之世濟其惡而三尺所必誅者哉為之置嗣為之殯而葬之賞斯僭矣鄭子皙將死子產使吏數其三罪及其死也尸諸周氏之衢加木焉公孫敖昆弟爭室事與黑均而其棄君命

而出奔甚于黑之使太史書七子魯不惟不能討又從而厚之豈非以季孫叔孫之聲勢相倚也而為之主乎春秋譏之以著政逮于大夫之漸其所以垂戒後世者詳且切矣

子卒　夫人姜氏歸于齊　季孫行父如齊

子卒而繼之以夫人姜氏歸于齊明子弒而母大歸也又繼之以季孫行父如齊明季孫之與聞乎弒而為之求援于齊也當是時行父為上卿當國偪仲遂有慶父

之逆而行父懷季友之忠則惡及視兄弟未必駢首而死于仲遂之手而宣公亦未必立矣身執國政而坐視亞卿之弒君是尚可以言忠乎他日逐歸父也行父言于朝曰使我殺適立庶仲也夫則今日之弒非行父主之而誰也或曰行父賢大夫子蔽獄于行父不亦苛乎曰鄭子公本謀弒其君子家不可已懼而從之然春秋直書公子歸生弒其君而不少貰則殺惡及視即蔽獄于行父焉可也曰然則公子遂可逭乎曰弒君之人此

不待貶斥而自見者也

莒弑其君庶其

稱國以弑絶之也太子僕師國人以弑父又以其寶玉來奔此惡而絶之也

附録

晉侯伐衛衛人謀之陳陳侯曰更伐之我辭之衛孔達帥師伐晉左氏曰君子以為古古者越國而謀夫越國而謀古矣不勸之以解怨謝過于大國而亟競于

兵可乎無損于晉而多搆怨焉何益

春秋子弒父者三楚世子商臣弒其君頵蔡世子般弒其君固許世子止弒其君買此自開闢以來所未有也其後宋劭楊廣更千百年而僅見然頵欲黜商臣而立其弟諶及江芊固淫于般婦義隆欲殺劭隋文欲廢廣其處心積慮有自來矣許止止于不嘗藥而聖人誅之比于商臣般而不貰不亦傷乎語曰為人臣子而不通春秋之義者必陷簒逆誅死之罪則

許止之謂矣然其究也止哭泣而死般為楚虔所誘
殺宋人誅劭隋人弑廣獨商臣戰勝諸侯與晉爭霸
享國十有二年以善歿子孫世有楚凡此皆天道之
不可知者

逆婦姜于齊左以為卿不行公以為娶乎大夫穀以
為成婦于齊何居曰惡其忘哀而婚爾

僑如長狄防風氏遺種斷其首而載之眉見于軾孔
子曰防風氏身横九畝長之至也僬僥氏長三尺短

之至也魯大夫季文子禿聘于齊齊侯使禿者御之
臧武仲短狐駘之敗國人歌之曰侏儒侏儒使我敗
于邾
齊人執單伯逆王命也執子叔姬無禮于君母也公
穀謂單伯淫于子叔姬文致之詞也
季文子使晉而求遭喪之禮以行可謂三思矣東門
遂殺嫡立庶而已為之求援于齊何不思之甚乎莒
僕以珠玉來奔逐而出諸境公問其故對曰先大夫

臧文仲教行父事君之禮曰見無禮于君父者誅之如鷹鸇之逐雀也嗚呼無禮于君父孰有大于殺惡及視者哉巳不能討而又與謀焉則何辭以逐莒僕語曰無瑕者而後可以指人行父愧色矣

春秋質疑卷六

欽定四庫全書

春秋質疑卷七

明　楊于庭　撰

宣公

陳殺其大夫洩冶

左氏曰孔子曰詩云民之多辟無自立辟其洩冶之謂乎余曰是非孔子之言也非之非者也胡氏曰冶雖効忠其猶在宋子哀魯叔肸之後乎方諸比干自靖自獻

于先王則未可同日語也余曰亦非也人臣食人之祿則當忠人之事目視其君之昏而噤不一語其若臣子之義何孔子曰危邦不入解者曰仕危邦者無可去之義在外則不入可也洩冶既仕危邦自當授命若以宋子哀之去為是而于洩冶之死諫訾之是比干不得與微子並稱仁也率天下為人臣者視君之昏而遂恝然去之而不顧必胡氏之言夫

齊人歸我濟西田

歸讙及闡書歸不書我此書我何公羊曰言我者未絶于我也未絶于我何魯宣弑逆以濟西之田賂齊以定其位而齊亦安然受之至是而君臣歲時朝聘于齊齊人悦其順己也而來歸曰歸我濟西田田本我田我不得予之齊齊不得取之我也曰歸歸之不以其道與不以其道而致其歸皆春秋所不與也

晉殺其大夫先穀

春秋書殺其大夫某者胡氏以為罪在上故不去其官

然其中豈無可殺之罪如晉先都士穀箕鄭父之作亂楚宜申之弑君晉先縠之不用命名狄師者乎何以獨罪上也余意美惡不嫌同辭有罪無罪觀者當自得之耳

宋人及楚人平

陳及楚平不書鄭及楚平不書書宋人及楚人平何曰以是為宋危之而又幸之也易子而食析骸而爨宋之不亡者幾希矣曰及者我及之也岌岌之辭也胡氏以

為交貶楚之凌暴貶之可也宋方救亡之不暇不矜之
而反貶之乎或曰惡詐也登子反之床而刦制之君子
所不與也然則孔子微服而過宋非歟又曰惡專也私
以其情告于子反而君不預知非人臣之義也泥乎泥
乎失火之家豈暇先言大人而後救火乎况華元登子
反之床而起之曰寡君使元則未嘗不禀白于君矣故
余以為宋人及楚人平罪盟主及諸侯之不能救宋而
宋不得已于楚也非貶宋也

附録

趙盾弑君孔子曰惜也越境乃免余以為此非孔子之言也人臣無將將則必誅豈一越境可免于弑君之惡乎

先王肇九州分五服要荒以外謂之四裔皆别其疆索示以制防非獨異之也盖以内外之分不可淆為後世慮至深遠也周室既衰藩籬盡撤無河山而闌之以故時時為患即齊晉大國不免焉曰戎曰

山戎曰北戎曰姜戎曰茅戎曰陸渾之戎皆戎也曰
狄曰長狄曰赤狄曰白狄曰潞氏曰甲氏及留吁曰
廧咎如皆狄也夷曰淮夷蠻曰戎蠻子
楚莊之霸也宜哉若敖氏以反誅已而思子文之治
楚也使箴尹克黄復其所命之曰生仁矣哉優于漢
宣帝之遇霍氏矣
晉侯治兵于稷以畧狄土立黎侯而還黎侯無所徼
按衛風式微舊説以為黎侯失國而寓于衛其臣勸

之而作是詩也則狄之滅黎當在衛懿公為狄所滅之前五十年于兹矣至是晉侯滅狄復立黎侯也

子反之不免也宜哉楚武王以來亡不以令尹為政者子反為司馬下令尹一等矣圍宋之役華元登其牀而告之遂與之盟而退師是自為政也迄于鄢陵令尹子重亡恙而子反執其兵柄于義何居傳曰二卿相惡蓋子重位在子反之上而政反自子反主之此所以相軋而相傾也歟

王札子殺名伯毛伯下相殺也名伯毛伯不名大臣
也大臣而擅殺之以是謂天王為虛位也
取根牟取鄟取鄣皆小國也内滅曰取諱也公羊以
為邾婁之邑何居

春秋質疑卷七

欽定四庫全書

春秋質疑卷八

明 楊于庭 撰

成公

公即位

公八年秋七月天子使召伯來賜公命則其即位也亦何嘗請命于天子哉隱莊閔僖何獨以爲上不請命也

新宫災三日哭

公穀曰新宫何宣公之宫也宣公則曷謂之新宫不忍言也災而三日哭禮也成公為無譏矣以為宫成而主未入宣公薨二十八月而尚未遷主則胡氏之臆説也

立武宫

立武宫杜預以為魯人旌鞌之功作先君武公宫以告成事示後世是也邲之役潘黨勸楚子立武軍以無忘武功楚子曰武有七德我無一焉何以示子孫其為先君宫告成事而已今魯之戰于鞌也忽兵也計其功

則借人也借人之力以救其死若之何其旌之小國幸于大國而昭所獲焉以怒之亡之道也胡氏以宫廟有毁而無立而不著其旌寧之功之不可則鶻突也

晉侯使韓穿來言汶陽之田歸之于齊

惡晉失信也春秋之法曲在内則諱曲在外則不諱晉侯使韓穿来言汶陽之田歸之于齊曲不在我也

衛侯之弟黑背帥師侵陳

黑背稱弟亦是因其事而書之耳仲尼以天自處胡氏

謂齊侯之弟年生無知弑襄公黒背生公孫剽其後出衞侯衎而代之故聖人皆以為有寵愛之私而稱弟然其事在其子孫數十年之後而聖人逆探其事而貶其父于數十年之前必不然矣

晉立太子州蒲為君

晉侯獳在也而子州蒲立為君以伐鄭春秋書曰公會晉侯齊侯宋公衞侯曹伯伐鄭而其下又書曰晉侯獳卒若二晉侯然者所謂父不父子不子而春秋所由作

也則亦不待貶斥而惡自見矣

齊人來媵

伯姬雖賢衛人晉人媵之禮也齊人媵之非禮也禮諸侯嫁女同姓媵之異姓則否又況二國來媵是一娶而九女也禮也三國媵則一娶而十有二女矣烏乎禮

負芻殺太子而自立

負芻殺太子而自立則弑君也而春秋不書何也曰此與陳佗殺太子免而自立同罪皆因其不告而不書者

也然而蔡人殺陳佗則予以討賊之義而晉侯執曹伯歸之京師則予其為伯討以是知春秋之誅亂臣賊子者至矣豈因其不告而遂沒之乎

仲嬰齊卒

公穀胡氏曰嬰齊者公子遂之子公孫歸父之弟也歸父出奔齊魯人徐傷其無後也于是使嬰齊後之曰仲嬰齊亂昭穆也弟不可後兄也余曰何由知其非後襄仲乎習胡氏者曰禮孫以王父字為氏子不可以父字

為氏故知仲嬰齊之必後歸父也余應之曰不然嬰齊以父字為氏此正所以譏魯也何以明其然也季孫行父公子友之子也于法當稱公孫今稱季孫者正以公子友之為季友而生而賜氏也襄仲亦生而賜氏而俾世其卿者故其卒曰仲遂其子歸父既奔而魯立其次子嬰齊以為遂後安得不稱仲嬰齊乎行父可以父字為氏而稱季孫嬰齊獨不可以父字為氏而稱仲乎然則何譏曰弑君之人而生賜之氏而世其卿則春秋之

所不與也

會吳于鍾離

會吳于鍾離于柤于向胡氏以為罪諸侯不敢與之敵者非也晉君方明諸侯方睦吳雖崛强何至諸侯不敢與之敵乎觀向之會吳告敗于晉晉士匄數吳之不德也而退之則吳豈能有加于晉者聖人殊而外之以為吳蠻夷也僭王也名而與之會是吳就中國也其志可嘉也戚之會是也故進而稱人即而與之會是中國就

吴也其漸不可長也鍾離柤向之會是也故抑而舉號
所以謹内外之防者至矣
曹伯歸自京師
胡氏以為譏天王之釋有罪者是也然當其時天王亦
虚位耳晉不許之歸王敢歸曹伯乎曰曹伯歸自京師
以為不宜釋而釋必有任其責者矣
刺公子偃
殺無罪也穆姜之請逐二子而公不可也姜怒公子偃

公子鉏趨過指之曰是皆君也公以一言之忮而遂甘心于偃君子以為周官三刺之法不如是矣或曰偃與謀也與謀之惡何如叔孫僑如之主謀乎遂僑如而不誅而顧誅其與謀之公子偃何居

晉弑其君州蒲

稱國以弑外之也書身為元帥執其君而弑之以車一乘葬之于翼東門外而舉國之人莫以為非也則天地將滅亡矣聖人傷之故曰晉弑其君州蒲如莒弑其君

庶其之例胡氏説何鶻突也

附録

戎伐凡伯于楚丘以歸經明言戎伐矣而公穀以為衛伐之王師敗績于茅戎經明言茅戎矣而公穀以為晉敗之姧矣

鞌去齊五百里袁婁去齊五十里一戰而綿地五百里逼與之盟其不盟于城下者幾希齊既求成朝而擾玉忽亦可以紓矣郤克趨而進曰是行也為婦人

之笑客也甚矣其横也郤氏之無後也宜哉

衞遷于帝丘則書晉遷于新田則不書者何也衞書

遷志狄圍衞也不得已也晉之遷有所擇而圖之也

鄭事吴晉士燮以諸侯之大夫伐郯以其事吴也是

時晉方使巫臣通吴以制楚而即與吴争鄭尚謂之

好相識乎總之吴晉皆唯利是視者則亦不待黄池

之役而争為盟主矣

左傳成十六年夏四月滕文公卒蓋昭公之子成公

之父也自此距戰國二百年而滕文公問三年之喪及井地于孟子是滕有兩文公矣衛州吁有寵于父莊公左氏曰莊公娶于齊東宮得臣之妹曰莊姜美而無子衛人所為賦碩人也距二百年而蒯聵亦謚曰莊公弒于髡髮之巳氏是衛有兩莊公矣謚以易名周制也今文武大臣父子同謚者必請而更之而衛及滕以耳孫而同其遠祖之謚而臣子不能改也有是事乎不寧唯是齊孝公昭昭公潘皆桓公子也

孝公名昭而其弟潘嗣謚為昭公是以孝公之名為謚也楚康王名昭而楚子軫謚昭王是以康王之名為謚也宋公王臣謚成公歷四世而平公名成是又以祖謚為名矣夫謚以易名名可諱謚不可諱也先公先王名昭而嗣公嗣王謚昭將諱之乎抑不諱乎先公謚成而四世之孫名成將不諱乎抑諱之乎凡此皆傳記之可疑而理之不可曉者吾姑存疑焉

春秋質疑卷八

欽定四庫全書

春秋質疑卷九

明　楊于庭　撰

襄公

楚殺其大夫公子申　楚殺其大夫公子壬夫

國家之敗由官邪也官之失德寵賂章也申及壬夫政以賄成何得無罪觀者當自得之可也

臧孫紇敗于狐駘

狐駘之敗不書諱之也

莒人滅鄫

滅鄫者莒以兵滅之也故晉人來討曰何故亡鄫季孫宿如晉聽命昭四年九月取鄫左氏曰莒亂著丘公立而不撫鄫也若謂以異姓為後而自滅其嗣故特書曰莒人滅鄫如公穀胡氏之説則亦鑿矣秦始為呂不韋之子朱子作綱目未聞于嬴秦之莊襄王書滅況聖人如天豈有以舅出為後之事而指之曰滅鄫者哉又況

滅鄫在襄六年而襄五年經書叔孫豹鄫世子巫如晉公羊曰莒出也莒女爲鄫夫人立其出也盖即指巫言之也巫以莒出後姑父稱鄫世子則鄫子卒而巫嗣必不書滅鄫矣

會吴于柤遂滅偪陽

合十有二國之諸侯而會吴于柤聖人已殊而舉其號而況爲通吴晉往來之道而遂滅無罪之諸侯乎春秋書滅者亡國之善辭上下之同力也偪陽子實俘以歸

未嘗死于難也而書滅偪陽若國滅君死之者所以深罪晉也曰遂遂之者甚之也

戍鄭虎牢楚公子貞帥師救鄭

胡氏曰戍鄭虎牢罪諸侯也公子貞救鄭善之也余曰非也鄭固反復之國也犧牲玉帛待於境上口血未乾而背之久矣自諸侯之戍虎牢而鄭人失其險于是乎楚狼狽而救之不可得也曰戍鄭虎牢虎牢固鄭之虎牢諸侯不得而有也曰救鄭見楚之急于得鄭而欲救

而不能也則所以制鄭者善矣若以為伐而書救未有不善之者也而遂指之曰罪晉則鄭背盟即楚春秋所惡蕭魚之會方予晉之服鄭而又罪之乎

鄭公孫舍之帥師侵宋

鄭侵宋將以怒晉而致死于我乃固與晉則子展之謀也夫欲與晉而先怒之謀亦譎矣此與晉趙穿侵崇以求成于秦何異

十三國伐秦

是役也報欒之敗也于是欒黶不用命輒以其師歸晉人謂之遷延之役誰尸之乎則荀偃已偃為主師仗鉞臨戎雖君命有所不受而况黶為之屬寮乎伐偪陽不克荀偃士匄請班師知罃怒投之以机出于其間曰七日不克必于爾乎取之偃匄躬受矢石而偪陽舉矣荀偃豈不聞乎若之何身為主師師行無紀其始令曰雞鳴而駕唯余馬首是瞻固已非矣及欒黶專愎自用馬首欲東而偃遽以師退曾不能按軍法致辟焉專閫之

謂何于晉辱矣書曰叔孫豹會晉荀偃齊人宋人衛北宫括鄭公孫蠆曹人莒人邾人滕人薛人杞人小邾人伐秦言罪之在也

衞侯衎出奔齊國人立公孫剽

襄十四年衞侯出奔齊衞侯者衎也于是國人立剽十六年會湨梁十八年同圍齊二十年盟澶淵二十一年盟商任二十二年盟沙隨二十四年二十五年兩會夷儀其書衞侯者剽也二十五年八月衞侯入于夷儀者

衎也于是二十六年剽弑衎入十二年之間而衛有兩衛侯可乎先王之制國君亡不受之天子傳之先君者衎與剽並無王命父命而竊有其國天討不加諸侯列于會諸大夫國人莫以為非故聖人因而書之曰衛侯不没其君衛之實蓋傷之也

戚之會

衛孫林父逐其君衎而立剽晉侯謀于荀偃偃曰衛有君矣伐之未可以得志不如因而定之會于戚謀定衛

也人臣之惡孰有大于逐君者乎晉為盟主宜以大義倡諸侯致討于衛輾孫林父于市誅于衛衆置君而後去之可也奈之何不唯不能討反會于逆臣之私邑而定之乎悼德于是乎衰矣一悼公也用韓厥則克彭城討魚石用知罃魏絳則三駕伐鄭而楚不敢與之爭及其晚節末路用荀偃士匄並屬庸才則衛大夫逐君而不能討以此知人君不可一日而無謀臣而悼之所以止于伯也齊桓晚年亦多衰德由于管仲一死而齊遂

無人以悼方桓豈不相肖哉王道之大兢兢業業一日二日萬幾必不始勤而終隳如桓悼矣

取邾田自漷水

魯之借力于晉者二舉之戰取汶陽之田于齊書曰取汶陽田不係之齊此執邾子曰取邾田自漷水者何也聖人作春秋如衡之平如水之止豈有成心于其間哉齊頃公伐我則汶陽之田固已奪而有之矣舉之戰取之以歸于我而田固我本有之田也安得以取齊田書

乎祝柯之盟則異是襄十六年晉人執邾子以歸邾子者宣公牼也當其時宣公果奪我田則晉必歸之于我矣十七年二月庚午邾子牼卒悼公繼立是年冬邾人伐我南鄙止于書伐未聞取我田也十八年同圍齊而邾子即以十九年之春正月執矣然則取邾田自漷水者乃晉侯惡邾之伐魯而割其田以與魯也非反魯侵地也諸侯土地受之天子傳之先君晉人割以與魯魯人藉晉力而取之邾皆義之所不敢出者況邾人伐我

執之足矣又取其田不幾于蹊田奪牛之誚乎此書法所以異于取汶陽田也交譏之也至于執諸侯而稱人又不歸于京師則亦不待貶斥而自見矣

盟于澶淵

齊為無道十二國之諸侯以兵圍之而桀驁如故也至士匄侵齊至穀聞齊侯卒乃還而齊始盟于澶淵矣德之足以服人如此夫

陳殺其大夫慶虎及慶寅

齊之高厚鄭之公子嘉楚之公子追舒陳之二慶罪皆可殺也以為罪累上者泥也余所謂有罪無罪觀者當自得之也

齊侯伐衛遂伐晉　救晉次于雍榆

伐衛遂伐晉志無伯之始也蓋懼之也救晉書次譏為義之不勇也

晉執衛侯衎

伯主執諸侯未有不書者平公執衛侯衎因之于士弱

氏則不書何以是為不足書也何者為臣執君罪一執而囚之而不以歸于京師罪二齊侯鄭伯朝晉為衛侯請而晉怒未釋也俟其歸衛姬于晉而後釋衛侯罪三若是則三綱淪九法斁而人道或幾乎絶矣聖人至此憫之甚懼之甚故其執衛甯喜也稱人而其執衛侯也削而不書以存中國也其意遠矣

豹及諸侯之大夫盟于宋

豹不書族削之也削叔孫所以遍罪諸侯也盟于宋而

中國益衰矣

公如楚　天王崩　楚子昭卒　公在楚

靈王不書葬魯不赴也天王崩諸侯不奔喪又不使大夫會葬而親襚于僭王之楚子此所謂失其本心者也則亦不待貶斥而惡自見矣春王正月公在楚春王正月公在乾侯歲首必書公所在者臣子之義也朱子作綱目書帝在房州意倣此

公至自楚

公至自楚何危之也何危乎外之屈辱于大國而内之迫于强臣取卞以自封故其謂公冶曰吾可以入乎微榮成伯則亦不待鸜鵒來巢而襄公為昭公矣

吴子使札來聘

吴入春秋止舉其號至是進而稱子又君臣始並見經所謂夷狄而中國則中國之者也札不稱公子亦如秦術楚椒之類若以為讓國釀亂聚而削其公子則孔子之作春秋也為天下乎抑亦為區區之季札乎以為賢

而責備之深則又刻矣

公薨于楚宮

公薨于路寢正也于楚宮非正也以此推之叅之易簀由之結纓所謂行一不義殺一不辜而得天下不為也

附録

禮唯諸侯見天子稽首兩君相見則拜哀之十七年公會齊侯于蒙齊侯稽首公拜齊人怒孟武伯曰非天子寡君無所稽首乃襄之三年盟于長樗也公稽

首知武子辭孟獻子曰以敝邑密邇仇讐寡君唯君是望敢不稽首襄之二十四年鄭伯朝晉請伐陳稽首范宣子辭子西曰以陳之陵虐敝邑寡君是以請罪焉敢不稽首則是晉侯名為方伯而儼然尊之如天子矣

會吳于向姜戎即事于會而不書削之也以是知申之會列淮夷于諸侯以為諸侯皆可貶也

宋人獻玉于子罕子罕弗受曰我以不貪為寶爾以

玉為寶若以與我皆喪寶也不若人有其寶誼哉賢
于韓起之求玉環也已
齊侯獲臧堅使夙沙衛唁之堅謝曰君賜不終抑又
使其刑臣禮于士遂自殺平陰之役夙沙衛殿殖綽
郭最曰子殿國師齊之辱也乃代之殿趙同為漢文
帝驂乘袁盎伏車前曰陛下雖乏人奈何與刀鋸餘
人載乎上笑下趙同古之以寺人為恥如此今亡矣
夫

臧孫紇出奔無罪乎曰惡得無罪立嗣以長誰敢奸之季武子欲舍公彌而立紇私也北面重席新樽絜之召悼子降逆之及旅而名公鉏使與之齒是則逢迎季孫之意而成其私而長幼之序紊矣公鉏因之以立羯而仇臧孫不亦宜乎孔子曰臧武仲之智也而不容于魯作不順而施不恕也

合左師諸侯之良也伊戾誣世子痤則證之痤名佐則聒而與之語陷宋公于不義誰之咎歟倡弭盟宋

中國之衰自此始而反求免死之邑于宋公子罕譏
之是矣
陳靈公之弒起于夏姬衵衣之戲齊莊公之弒起于
東郭姜拊楹之歌信乎色之足以敗家亡國也然楚
莊能伸大義以討少西氏而晉平公不能于是乎崔
杼以賂免而晉霸自此替矣
書城杞罪之也棄諸姬而夏肄是屏則平公之昏而
二三執政不能無罪焉爾

宋伯姬卒于火貞而過焉者也君子以為不必待姆焉可也何也紀叔姬不可不歸之酅而宋伯姬可以不逮乎火也事固有輕重之别也雖然不謂之賢不可

晉之衰趙盾之偷為之也繼之而韓起偷益甚至于范鞅荀躒求貨于諸侯益不足道矣

春秋質疑卷九

欽定四庫全書

春秋質疑卷十

明 楊于庭 撰

昭公

虢之會

宋之盟豹削族此復書叔孫豹者何也再會而恬不知怪聖人以是為不足削也

取鄆

取鄆之役微叔孫豹魯不國矣故不書季孫宿帥師伐莒取鄆而書取鄆若不知為誰取之者志宿之横豹之忠也

鄭殺其大夫公孫黑

黑為無罪乎子産數之備矣稱國以殺余所謂有罪無罪觀者當自得之固不嫌于同辭也胡氏以為鄭人初畏其强不之討也因其疾而幸勝之亦云殆矣不亦迂乎

公如晉至河乃復季孫宿如晉

禮諸侯之喪士弔大夫共葬事未聞君自奔喪者也而況區區伯主之嬖寵非伉儷乎至河見拒辱亦甚矣亦可以止矣而復使冢卿致服焉書之以見昭公之不能以禮自强而亟媚于大國也蓋傷之也穀梁以為公如晉不得入季孫宿如晉得入而胡氏信之遂以為昭公失國之由季氏逐君之漸晉人下比之迹溺其旨矣

取鄟

取鄫不係之莒諱之也書取鄫則知向之滅鄫莒以兵
滅也

公如晉　莒牟夷以牟婁及防茲來奔公至自
晉

公方在晉也而牟夷以三邑來奔誰受之乎季孫受之
也納畔人而利其土于是晉侯以是罪公幾于見執則
宿之專橫無君不待意如之逐昭公而後見矣然則范
鞅所謂請歸之間而以師討不亦韙乎曰鞅本黨于季

氏已而竟無討也故書曰季孫宿如晉傳以為拜莒田也晉侯不唯不能討反以為知禮而重其好貨則晉之不足為盟主抑又見矣春秋諸侯不顧禮義而一視强弱為大小是故莒有叛人而魯納之師師以討而又詐敗之也告于伯主而伯主反寵其使臣而厚賄焉為小國者不亦難乎

暨齊平

暨齊平左氏以為燕人請平于齊是也于是齊侯將納

簡公燕人歸燕姬賂以瑶罋玉櫝斝耳不克而還胡氏以為魯暨齊平然嘗考之春秋前此則鄭來輸平為隱公狐壤之戰也宋及楚平為圍宋也後此則及齊平及鄭平為定公嘗侵鄭侵齊也自夷儀以來齊魯同盟並無侵伐何故而暨齊平乎胡氏盖泥于下文叔孫舍如齊涖盟而遂為此説而不知大夫聘于列國而涖盟此春秋常事如荀庚孫良夫郤犨者皆是也固與暨齊平無與也

意如至自晉

胡氏曰晉執季孫為邾莒之不供而非有扶弱擊强之義也其終歸之為土地猶大所命能具而非有為夷執親之悔也逺逆道甚矣然則意如無貶乎曰意如去族罪之也身為大臣當以國體為重既執于晉賴子服惠伯力爭得免惠伯請從晉惠于會則羊舌鮒以除館西河恐喝之而意如懼遂奉頭鼠竄不待禮而歸其辱國亦已甚矣以故聖人削其姓氏以為世戒不然叔孫舍亦

見執于晉者其至自晉何以書叔孫乎知書叔孫之為
襃則知削季孫之為貶矣

莒子去疾卒

莒不書葬胡氏以為意如專政而莒嘗訴其取鄆取郠
之罪于晉而執之以是恨莒故獨不會其葬也非也莒
本雜夷有號而無謚如所謂著丘公郊公是已故春秋
二百四十九年之間雖滕薛邾杞小國亡不書葬獨于
莒缺焉蓋莒自外于禮法則曰而外之也必以是罪季

孫誤矣

蔡朝吳出奔鄭

朝吳出奔志讒人之亂國也于朝吳乎何尤胡氏因費無極誘朝吳之語而遂以為罪吳者過也

曹公孫會自鄸出奔宋

自鄸出奔據其事而直書之也非必以為子臧之後而賢之也堯舜為父朱均為子賢不肖自不相及而何為乎以賢而併恕其子乎至謂黑肱以濫來奔不言邾者

為叔術諱則其說益遠矣

　盜殺衛侯之兄縶

左氏謂齊豹殺之是也以為宗魯殺之則齊氏戈擊公孟宗魯固已以身死之矣左氏述仲尼之言以為齊豹之盜孟縶之賊汝何弔焉正惡宗魯食姦受亂蓋不義犯非禮而至于殺孟縶者則固與宗魯無與也胡傳釋豹不誅而歸獄于宗魯誤矣

　劉子單子以王猛居于皇　入于王城

王室而既卑矣景王溺愛子朝幾奪嫡矣猛雖正無寵
于先王矣非大臣以之則國本揺而宗社不幾于殆乎
幸而有劉單左右王居于皇入于王城以定其位亦春
秋之所予也蓋哀世之意也胡氏罪其挾天子以令諸
侯以為上下舛逆為後世戒然當是時尹氏召伯毛伯
立王子朝既為不正而宜罪至于立君之正則又非之
大臣宜如何而可而春秋許首止之盟何居

吴弑其君僚

稱國以弑外之也僚不當立既立之矣又使光得而弑之此亂道也

黒肱以濫來奔

不係之邾穀梁以為别乎邾者是也以為賢叔術而諱其子者公羊之謬也公在乾侯魯無君也而季氏納黒肱君子以是為叛逆自為黨矣不書邾懼之也

附録

昭公年十九而有童心居喪而不慼穆叔不欲立之

是也但其言曰若果立之必為季氏憂夫魯之立君以為國也上之則周公魯公之祖祧下之則龜蒙鳧繹之臣民豈為區區一季氏乎魯人知有季孫而不知有社稷穆叔雖賢亦習于其俗而不自覺耳

向戌倡弭兵之說趙孟與諸大夫謀曰弭兵而我弗許楚必許之以召諸侯則我失為盟主矣然乎曰弭兵美名也我弗許是擕諸侯也許之而脩德行仁君臣輯睦以觀釁于諸侯其可也宋華元嘗合晉楚之

成于西門外矣欒書韓厥之徒僕楚背盟而我有詞于伐遂捷鄢陵晉霸如故也則向戌弭兵之説于晉何傷乎唯盟宋之後而晉失其政君弱臣强遂一切無志于諸侯杞不當城而合諸侯以城之蔡般弑父莒人弑君而不能討馴至于楚滅陳蔡而不能救而晉亦不復主夏盟矣此則晉君臣偷安之罪非盟宋之罪也

君薨士弔大夫共葬事先王之制也大夫弔卿共葬

事自晉文襄始也魯侯之奔大國喪自宣公始也趙孟卒而鄭伯如晉弔則不但奔大國之喪并其執政之喪而奔之矣欲政不逮大夫得乎

左氏謂武王成王康王封建親戚以蕃屏周又曰管蔡郕霍魯衞毛聃郜雍曹滕畢原酆郇文之昭也邘晉應韓武之穆也凡蔣邢茅胙祭周公之胤也封周公支子有諸乎曰昔者成王以周公有大勲勞留相王室故封其冢子伯禽于魯而别封其支子于凡蔣

邢茅胙祭此報功之特典非諸兄弟所敢望者也太公亦元功也有支封乎曰其詳不可攷矣然嘗考之襄二年齊姜薨齊侯使諸姜宗婦來會葬名萊子萊子不會伐而滅之繇是而觀萊亦太公之後以支子封者矣繼體守文之主可封建乎曰否成王雖嘗封康叔于衞封唐叔于晉封微子于宋封熊繹于楚然皆舉先王之勤勞或先王之少子也康王不可考即有之亦成武王成王之遺意云爾昭王穆王而後絶

不聞有封建者傳曰周之始封千八百國兄弟之國十有四人姬姓四十餘人則業已布滿天下矣所餘者止方千里之王畿耳若繼體守文之主而皆分封其子弟一如開國之初則不數傳而王畿之土地已盡天子將安所奉宗廟待諸侯乎故余斷以為封建必始王者乃行之也或曰越少康之後鄭及申宣王所封也何歟曰少康宣王撥亂世反之正與尋常繼體守文者不同故少康復國而别封其支子于會稽

宣王中興而封其舅申伯于申封其弟友于鄭此又不可以一律論者後世帝王雖繼體守文亡不封建子弟漢或割諸侯王一郡以封封者唐以後仰食縣官至于今而日苦不給則何不取周事觀之也漢明帝曰我子安得與先帝子等以故封域半楚淮陽庶幾古人之用心矣

叔向晏嬰私論本國失政說者謂不欲與張趯同譏然二臣為國上大夫君有過則當諫諫而不聽則當

去不力諍而私述之于外國之使非純臣也況叔向
既知晉無政而平丘之會又以其甲車四千乘恐喝
諸侯不可謂仁違母命而娶于申公巫臣以喪羊舌
氏之族不可謂智拂衣而從行人子朱為師曠笑不
可謂勇季札規之曰子好直必思自免于難有繇來矣
藏氷發氷王政之大者也所謂冬無愆陽夏無伏陰
春無淒風秋無苦雨雷出不震無菑霜雹厲疾不降
民無夭札皆實語也胡氏謂此一事耳安能使四時

無愆伏凄苦之變乎則亦淺之乎知王政矣
叔孫豹賢大夫也宿一庚宗婦人又惑于號牛勝天
之夢而遂身死人手兩子見殺叔孫氏幾于覆宗是
以君子謹于微也
立子以長乎晉悼公有兄而不慧不能辨菽麥不立
立悼公衛靈公之兄縶足不良不立立靈公然則文
王舍伯邑考而立發也必有以也非若晉獻之欲立
奚齊漢高之寵愛如意也

公孟縶公孟字縶名也定十二年衛公孟彄帥師伐曹彄縶之子也于法當稱公孫彄曰公孟彄是以父字為氏也豈靈公德縶讓已遂生而賜氏使世其卿歟取以證仲嬰齊則嬰齊信乎以父字為氏而其為後父仲遂而非後兄歸父也明矣

鸜鵒来巢左氏引文武之世之童謠附會也何也往餽之馬季氏餽馬也公在乾侯徵褰與襦公出而每歲求從者之衣屨也稠父喪勞稠昭公也宋父以驕

宋定公也往歌來哭喪歸也童謡未必如是之明且顯也左氏誣也

晉中軍帥稱將軍魏舒名閻沒女寛食比置三嘆問之對曰豈將軍食之而有不足是以嘆漢人稱丞相亦曰將軍灌夫對田蚡曰將軍乃肯幸臨况魏其侯又曰將軍貴人也記衛彌牟亦稱將軍文子盖均之執國政之稱云爾

春秋質疑卷十

春秋質疑卷十一

明 楊于庭 撰

定公

立煬宫

左氏及杜預之說是也意如逐君而懼乃請禱于煬公已而昭公死于乾侯意如以為得默祐矣故立其宫如今里儈還愿之類夫叔孫舍以他人逐君而使祝宗祈

死意如乃親逐其君而禱于煬公以祈君死其忍心害理恬然亡忌憚極矣胡氏但謂宫廟有毁而無立而不著季孫之罪則鶻突也

季孫意如卒

卒意如傷之也暈不書卒猶以討賊望國人焉至是無望矣魯事益不可為矣

從祀先公

左公穀皆以為順祀閔僖是也魯之躋僖公非禮也國

人不服久矣陽虎專魯而欲取悅于衆故假公論而順祀先公所謂其事則正其情則非也胡氏以為昭公至是始得從祀于太廟夫季氏之忍心于昭公何所不至觀其葬而絕其兆域使不得同于先君又欲加以惡謚及禱于煬公而立其宮則其心亦何難于斬昭公之廟祔哉但歷攷三傳並無此事而至馮山始創言之夫左氏公穀皆距孔子不遠其說似必有據今不信三傳而信千餘年後之馮山此余所斷乎其不敢從者且季氏

之逆此傳所謂不待教而誅者奚必以昭公袝廟一事坐之本欲誅亂臣賊子而反令亂臣賊子解脱也

薛弑其君比

稱國以弑外之也

公會齊侯衛侯于牽　齊侯宋公會于洮

春秋之初患無王也衛朔得罪于王而公會齊人宋人陳人蔡人伐衛納朔春秋之季患無伯也范中行氏得罪于君而公會齊侯衛侯于牽齊宋又會于洮以救范

中行氏嗚呼此亂臣賊子之所以接踵于天下而仲尼所以作春秋歟

衛世子蒯聵出奔宋

輒可以拒父乎曰蒯聵之族屬未絶也靈公未嘗廢之而更立太子也故書曰衛世子蒯聵出奔宋又曰晉趙鞅帥師納衛世子蒯聵于戚而輒拒父之罪昭昭矣齊國夏衛石曼姑帥師圍戚之罪著矣

姒氏卒　葬定姒

何以不稱薨何以不稱葬我小君定姒疑者曰削之也削之何惡奪嫡也孰謂定哀之際則微乎

附録

意如卒陽虎請以璵璠斂仲梁懷弗與曰改步改玉陽虎欲逐之公山不狃曰彼為君也子何怨焉蓋陽虎欲以君禮斂季孫而怒仲梁懷之不順已公山不狃以為懷之言為魯君也註以為指意如誤矣夫君不在而攝祭但可代君行禮耳焉有公然佩君之玉

者乎忍心至此其得死幸爾公山不狃非能忠于魯
君而其責陽虎則正矣
胡氏曰定公雖受國于季氏苟有叔孫婼之見不賞
私勞致辟意如以明君臣之義則三綱可正公室强
矣是何言之易乎從古以來不幸而立于權臣之手
則必須從容濡忍以觀其變若力不足而亟欲除之
則未有不反受其螫者也魏主髦不勝其忿而欲討
司馬昭反為所弒是矣且胡氏不見夫昭公之事乎

然則定公如之何曰晏子之對齊景公曰唯禮可以
已之庶幾矣
申包胥乞師于秦倚墻而哭日夜不絕聲勺水不入
口者七日其忠過于束帛乘韋之茅夷鴟哉反國而
逃賞其仁過于以璧沉河之舅犯矣
子西為王輿服以保路國于脾洩聞王所在而後從
王昭王不以為忌子西不以為嫌此所以能復楚也
蕭王擊銅馬賊軍中不知王所在或言戰歿者吳漢

曰諸君何患王兄子見在南陽真若主也意倣此
諸侯皆叛晉矣而魯獨後于是乎爲晉侵鄭爲晉侵
齊至于叔還如鄭涖盟而後叛晉爲文子所謂魯未
可取也上下猶和衆庶猶睦能事大國而無天菑者
以此孔子曰魯一變至于道是固一驗歟
仲孫何忌魏曼多公羊以爲譏二名二名非禮也非
也考之春秋隱公名息姑閔公名啟方成公名黑肱
此我君之二名者也齊桓公名小白晉文公名重耳

靈公名夷皐成公名黑臀厲公名州蒲秦穆公名任好宋襄公名茲父此伯主之二名者也無駭慶父行父嬰齊此我大夫之二名者也荀林父夏徵舒韓不信樂大心此外大夫之二名者也二名何譏焉孔子之母名徵在則固已二名矣

趙鞅前書入于晉陽以叛後書歸于晉歸者易辭也如入無人之謂也晉于是乎不可為矣

秦公子鍼以富懼選則奔晉衛公叔戍以富見惡則

奔魯信乎富之足以賈禍也石衞尉曰奴輩利吾財
耳收者曰知財之為患何不蚤散之耳

春秋質疑卷十一

欽定四庫全書

春秋質疑卷十二

明　楊于庭　撰

哀公

伐邾取漷東田及沂西田

入定哀而魯政益不可為矣何者宣成襄公之世君雖失政而季文子為冢卿孟獻子為介卿國猶有人也至昭公則季氏横矣然叔孫豹及舍世濟其忠故雖以宿

之取鄆而豹猶能拒樂鮒之請帶而不與雖以意如之逐君而舍猶能祈死而恥與之同列則三家未盡不肖也唯夫定哀之世君既失政而季氏若斯若肥叔孫氏若不敢若州仇孟氏若何忌若彘皆碌碌駑庸但知封殖而不為國家經久之慮者即以邾事言之大蒐于比蒲而來會已而朝公公薨而來奔喪邾之事魯亦云可矣有何恚恨而伐之無已乎政由甯氏祭則寡人其亦可哀也已

城啓陽　城西郛　城毗　城邾瑕

四城何備晉也小國幸伯國之敗而畔之曲在我矣已懼其討而城以備之以是為不能以禮自强而區區于城守亦末也

蔡殺其大夫公孫姓公孫霍

此弑君之黨也惡得無罪經書殺其大夫某者美惡不嫌同辭有罪無罪觀者自得之可也胡氏謂二公孫蓋嘗謀國不使其君至于是而弗見庸者故稱國以殺而

不去其官則曲説矣

齊國夏及高張來奔　齊陳乞弑其君荼

古之賊臣將有無君之心則必先翦其羽翼而後動于惡而翦其羽翼莫急于世臣故孟子曰所謂故國者非謂有喬木之謂也有世臣之謂也董卓弑逆則滅太傅袁隗之族曹操謀簒則殺孔融盖世臣與國同休戚而亂臣賊子往往以為不便而亟除之高氏國氏之為世臣于齊久矣二臣不奔則荼未必弑陽生未必入而陳

乞亦未必得政于齊也是故僞事之每朝必驂乘以悦其心又為之反間于諸大夫以搆其怨而高張國夏果不容于齊矣遂而奔魯則君側無人而吾可以弑君而莫之忌矣春秋書陳乞弑其君荼而係于二子來奔之下以見國家不可一日而無世臣而語所謂虎豹在山藜藿為之不採者此也然則劉子單子以王猛居于皇入于王城者豈直譏其挾天子以令諸侯如胡氏説乎夫亦謂王猛之不可無二子云爾

會吳于鄫　會吳伐齊

吳楚僭王春秋皆以不治治之者也然楚始稱荆繼進而稱人又進而稱子稱其大夫自僖文以至定哀之世而楚遂與齊晉宋衛諸國亡異焉獨于吳也伐郯入州來滅巢會善道俱舉其號會戚稱人吳使札及栢舉稱子矣而至于柤與鄫之會長岸艾陵之戰郢之入齊魯之伐又僅僅以號舉黄池稱子曰及以外之其惡之尤有甚于楚者何曰楚雖暴横齊晉之君亟攘之召陵城

濮鄢陵蕭魚霸中國者未有不擯楚者也獨吳興于霸圖銷歇之後而晉方引之以制楚欲求次陘一創渺不可得是故會魯伐齊争先盟晉入郢之役君與大夫班處其宫無復人禮徵魯百牢藩衛侯之舍凡此皆楚所無者此春秋所以亟惡之也歟不然泰伯至德仲尼所稱何獨于其後裔削之也然以魯之秉周禮而亟會之于鄫于橐皐又引之以伐齊其于周公兼夷狄之義悖矣仲尼所深悲矣

吳救陳

凡書救未有不善之者也而吳舉其號不進而稱人何居曰吳方無道爭雄于楚其伐陳非有拯危扶顛之意故季札謂二君不務德而力爭諸侯民何罪焉者以此果吳脩方伯連帥之職以奬王室以抑強楚念胡公大姬神明之冑而拯溺救焚以援之聖人當亟予之之不暇肯責之乎

孟子卒

胡氏曰譏同姓也此不獨胡氏知之人人知之者也然禮一君一夫人猶今之一帝一后昭公君魯三十有二年矣國人不以為君乎既以為君而祀于廟豈有無一夫人祔享者乎雖曰娶于同姓然使其以夫人之禮喪之赴于諸侯反哭于寢即書曰夫人孟子薨葬我小君孟子亦可也乃今考之左氏孔子與弔適季氏季氏不絻放絰而拜夫禮義折衷于聖人使孟子非小君則孔子何以絰而弔既絰而弔則孟子固昭公之夫人而為

臣子者不得以私怨貶奪之矣禮初喪男絻女髽不絻
者不服喪也不服喪者不以為夫人也不以為夫人者
季氏恨昭公故也夫人臣而逐其君惡亦甚矣又廢其
二子公衍公為使不得立又溝而絶之于先公之墓俟
孔子為司寇而後合之又廢其敵體之夫人使不得祔
于廟而為之喪也不亦傷乎夫子作春秋而直書曰孟
子卒季孫之罪始無所容于天地之間矣胡氏舍季氏
丘山之罪而第舉娶同姓以為言此一陳司敗能道之

何待聖人之筆削乎或曰記曰夫人之不命于天子自魯昭公始也則是昭公以娶同姓為嫌不敢請命于天子耳于季氏何尤曰周天子之寄虛名久矣仲子成風皆以諸侯之妾而歸之賵況于君夫人乎昭公薨越三十年而後孟子卒使季氏果以小君之禮禮之則天王亦必追而錫之命或賵之矣天王之不加禮于孟子也則魯不以為夫人也

附錄

蒯聵恥母之淫而欲殺之而輙又藉口于王父以拒父均之爭無父之人也有王者作直須兩廢之而立公子郢耳孔子不為衛君非但不為輙也兩不為也公羊謂拒父為尊王父而又予齊國夏衛石曼姑為伯討何居

小邾射以句繹奔魯曰使季路要我吾無盟矣使子路子路辭冉有曰千乘之國不信其盟而信子之一言子何辱焉對曰魯有事于小邾死城下可也彼不

臣而濟其言是義之也由弗能子路大節如此夫豈無故而死孔悝之難乎彼其心蓋誤于以王父辭父命之說而謂輒之拒父為當也故其言曰太子焉用孔悝雖殺之必繼之又曰太子無勇若燔臺半必舍孔叔他日聞夫子正名之論則直笑以為迂豁其見偏寧殺其身而不顧也所謂弑父與君亦不從也

公子荆之母嬖將以為夫人使宗人釁夏獻其禮對曰無之公怒曰汝為宗司立夫人國之大禮也何故

無之對曰周公及武公娶于薛孝惠娶于宋自桓以下娶于齊此禮也則有之若以妾為夫人則固無其禮也公卒立之國人始惡之繇是而觀則春秋所載成風敬嬴者必其子君魯之後尊以為夫人而仲子者亦隱公讓桓而為之尊其母耳若先公在日則固未嘗以妾為夫人也齊仲孫所謂魯秉周禮未可取也者以此

出奔而復者衛成公衛獻公也成有俞之卿獻有鱄

及儀之親焉出奔而不復者魯昭公衛出公魯哀公
也昭公有一子家羈而不能用出公悁而虐哀公妄
君子以為蔑推之蔑挽之矣

春秋質疑卷十二

總校官進士臣繆　琪

校對官中書臣李　荃

謄録監生臣王　焜

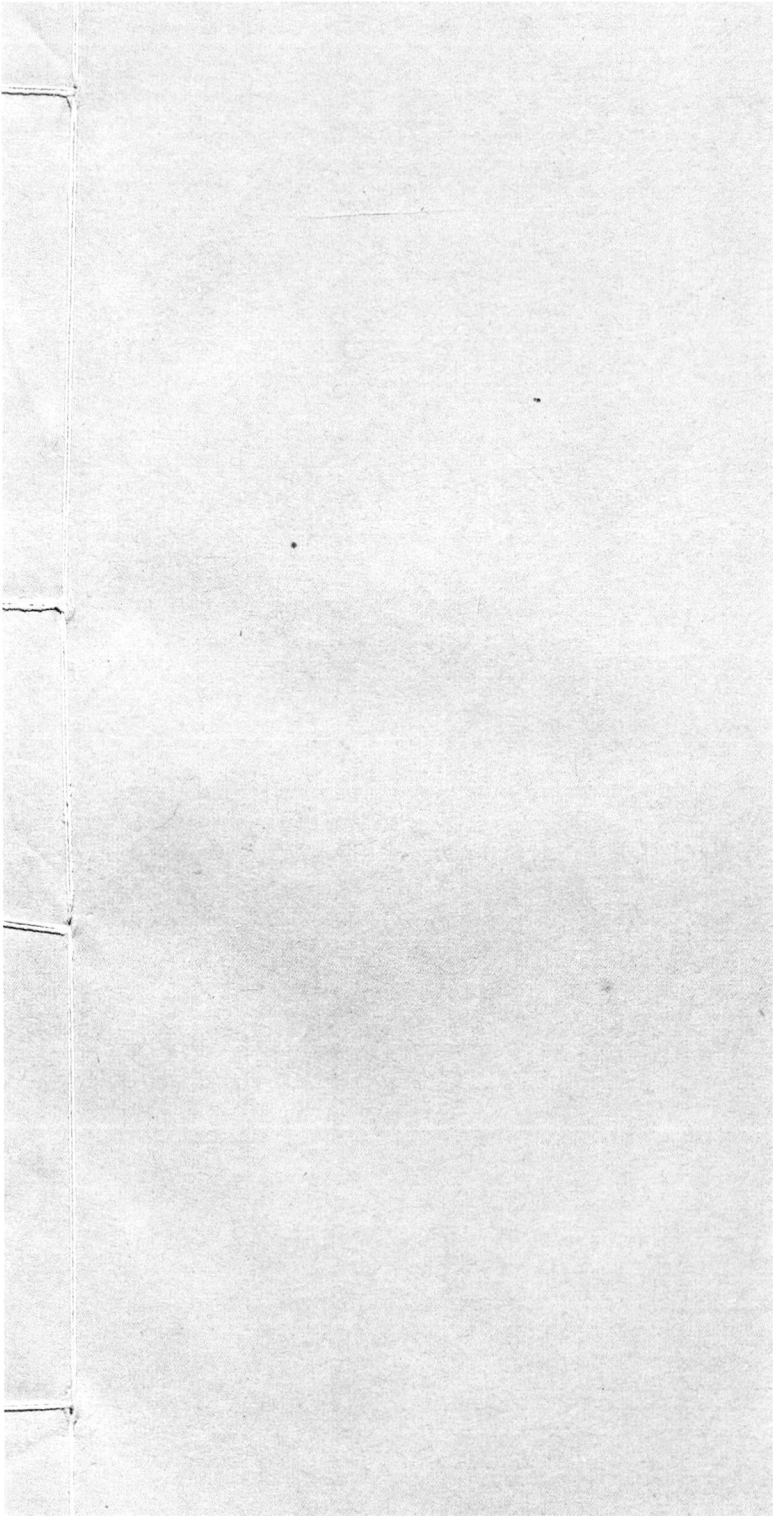

（明）楊于庭 撰

楊道行集三十三卷（卷一至四）

明萬曆二十三年（1595）季東魯、湯沐刻本

楊道行先生集序

賜癸未進士前江西道監察御史知全椒縣事黄岡樊玉衝譔

盖不佞玉衝往释褐長安中則識今吏部鄒先生孚如已識其所爲詩籍甚既十年用御史謫量移兹土而因得以識楊職方

道行先生道行故與孚如石交
而又爭以詩押主吳楚之盟當
道行業成思一當于天下則使
使千里而問亭孚如乃孚如之
所為揚扢至矣顧復以命不佞
夫不佞楚之鄙之人也稚于一斑

無所于窺而于兩先生無能為役其何辭之與有雖然君家子雲有言視日月而知衆星之蔑也夫謂衆星之為章于天也者則可謂衆星之得為日月也者則不可何者其小大之分固自

有定也三百篇尚矣漢魏六朝唐以至今日操觚之士其人存而以數十百千命者代不乏也其詩存而以數十百千命者人不乏也然自晉劉潘陸陶謝李杜諸大家外臚而數之或不能

以臆對故衡之以五緒萬不得一矣衡之以二矅億不得一矣明興以文程士而文不必過宋不以詩程士而詩與唐人相雄長乃其所為二矅者北地信陽耳季迪伯温稍稱啟明之光何

李以還遠則吳縣亳州洛陽齊安近則瑯琊歷下武昌興化郴彬各炳于一綈而各成其一家盖自是而三垣二十八舍不勝指矣今以道行自視與天下之所以視道行者其于此數先生

何如哉且也道行髫而能詩詩名脛四方且二十年而猶董董強仕有二耳司物柄者復暫縱之廣漠之野而使之極騁于風雅之塗其于力將無所不至而于境將無所不詣異日名山

之業大成極備而以懸諸寓内
即與日月爭光可也余不佞既
以濅道行并圖道行以質之予
如云
萬曆乙未嘉平月穀旦

楊道行集敘

皖城友弟吳嶽秀譔

此全椒楊道行之詩若文也友人鄒孚如業已為序以傳秀誼不在孚如後何得無言竊謂天無私授世之無才常

若有所蘄而弗與者蓋造物徵旨矣乃茲得吾友道行云始道行為童子時有神解下筆驚人長淮南北咸以為江夏黄童龍門子安復出既成進士隸事西曹蓋與不佞秀

洎魏懋權鄒孚如相朝夕已而先後識顧叔時劉國徵講業燕市驩若同生是時道行年最少跛扈飛揚銳不可當纚纚數千言一刻燭擊鉢可立就隱然有孫江東之號焉

亡何分符濮上濮人士罔不龔黃我道行也者然凝香燕寢懷子建之雄才慕莊生之豪舉一往深情寄吊於句則詩與文日進乃道行復以治行異等晉職方大夫值朔方

叛起道行日佐大司馬借箸
前籌倚辦石畫不數月而蕩
平人人咸以為禁中頗牧也
即羽檄交馳而意氣整暇口
不絕於韜鈐手不輟於翰
則詩與文日大進顧道行信

心而行絶無媕婀態以與爾
才亦以此買謗則冤甚哉歸
來鄉邨山中徜徉以憂時憫
事之心戀國懷君之念發為
詩歌無少幾微不平之感似
又可以怨而不怨也者

長路縻人文章憎命自古已
然於道行乎何損獨念宇宙
以來屈宋不為近體而李杜
不為騷才有所獨詣耳道行
詩盈盈成帙大備諸體而文
筆尤奇直寫胸臆成一家言

即不佞所覩記以較周秦二京六朝三唐之業若胡寬營新豐者有不像肖者也且世之齮齕道行者不過謂其勞而不謙耳至語道行之才傑然名世亡論海內知己業有

同然試探之齮齕者之口而
有不然者乎夫犬夫資適逢
世奇勳駿烈書竹帛而著旂
常士之實也鴻筆麗藻勒金
石而傳天壤士之華也方今
主上神聖疆圉多警行將起道

行於行間道行之功且昭然如日月之大明於世道行年甫四十餘搰搰攻古文辭不休它日竹素之業不知何所底止猗與盛哉倘道行得所願為於一時而無當於不朽

盛事辟之石火電光倏閃倏
滅已爾道行奚取焉顧不佞
惓惓推轂道行而親暱之若
兄弟者非徒以文章重道行
蓋文一也或以為大業或以
為小技彼誠各有所重耳道

行幸自力脫謝朝華勤思太

上完養其神明而堅忍其德

性則升沉得失舉所已知者

浮雲耳何與於我又極之無

不可耐也而後稱完如以其

文而已矣則安所擊揖嘆賞

於我道行也江北為
聖祖龍興之地功業震世者不
少而文章僅得宗薛二君子
令併道行三矣不佞願與道
行共勉之毋令海內人士謂
我大江之北徒以文辭顯也

萬曆丁酉三月望日

楊道行集敘

九曉居士友弟鄒觀光譔

世之論者曰絳灌無文隨陸無武文章功業其不能兼所用明甚而文士自矜重夫文章以為是不朽盛事籍令立

功名致通顯不以彼易此矣茲二者之言皆過也英雄雋異之才立言言番立功功就偏至而獨見其長有用有不用耳而文章之用虛其益緩功業之用實其益宏士而自

以其名立兩者均顯融矣為
世道計則寧收士之用于功
業而無寧使之以空言顯也
余友楊道行氏少而好為詩
賦古文詞已與余同舉進士
時南樂魏懋權無錫顧叔時

漳浦劉國徽懐寧吳幼鍾並以道義名節相砥礪用其餘力揚扢文詞之業而道行踐扈其間業日益進待次西曹久凡鬱悒悲歌嘻笑怒罵皆寄之乎吟咏世莫不知道行

氏雄于詩矣而道行殊不以其故厭薄吏事人亦不以道行爲詩若文疑其不達于用也已守濮州治行殊絶吏部大計吏舉卓異二十餘人而道行裒然高第尋郎民部已

調郎兵部扶服歸免喪郎職
方君之郎職方也朔方事起
叛夷殺都御史副使而嬰城
以遞顏行赤白之囊重跡而
押至
上西顧遣大臣經略遣御史視

師已赫然逮督臣及出尚方
劍讋懾軍士皆下兵部行之
而是時恬熙久所在無兵職
方當推轂大將更置材官良
家子徵調兵食紛紛旁午至
不暇侍沐且飯而給事中御

史人人上書談邊事危言十
一窾言十九議論之難劑也
甚于籌兵道行益侃侃自發
舒無所依阿蓋道行既餒不
以文章故而土苴功業又餒
以文章而用為功業庶幾無

材矣而寧夏事定道行竟中忌者歸歸而乃大肆其力于詩賦古文辭夫道行之業其大者莫著于籌邊余取其所為詩若文而質之兵家言若有合也其跌宕横厲激昂鼓

壯若動于九天之上叱咤而
廢千人其縱橫闔闢矩矱不
亂若不至學古兵法而旗鼓
進退錙銖不爽其宏于庀材
而廣于寓境體無所不搆譔
而藻無所不薈蕞若七萃六

部雲屯魚麗多多益善其隻
事興端片詞寄緒往往能以
咳吐謔浪而破千古之的若
偏師一旅批亢擣虛卓有餘
勁道行氏之言曰世能使我
苦心嘔血之功垂成而弁髦

之其更舐以諭誆之口而奪
吾千秋之業乎哉道行誠有
以自信余無饑難也設令道
行不為夫己氏所齮齕當論
功行賞增秩賜金幣如是止
耳所得孰與仲多顧道行以

此自雄然非縣官急才意矣
道行既罷語及身之不用怡
然愉暢寧有幾微牢憀之感
至其談述邉略感事憂時思
深而語壮一篇之中三致意
馬道行之門人湯伯恩氏梓

其所為詩若文以傳而道行
意謂必不使為之序不使居
恒謂道行飛揚卓犖有正平
文舉風余不及君况冥落塲
與世寡諧君亦不能順而就
余然至其語于文章之際則

道行不以余為無似而使備
礲錯故序道行集不佞不得
辭抑孫武子有言夫兵不過
奇正而奇正之變不可勝窮
也文章亦猶是矣道行春秋
富無論他所著作未見其止

上明聖一日掛鞬思道行即君家子雲所謂戎馬之間軍旅之際飛書馳檄宜用枚皐者亦豈能終舍道行余更得受簡而序之

萬曆乙未十月穀旦

楊道行集序

盖余友鄒孚如亟為余言楊道行也道行少孚如三歲同舉進士以文章行誼相切磋甚驩有年所矣嘗出其守濮時所著示余余津津賞之天廚寸臠即九

罔可知也又十年而余左遷部
潁川過道行道行治具延款縱
談及文事其指若曰人有心而
形之於言言必文然後可傳遠
故文論理必別是非論事必明
得失一切可喜可哀可怒可愕

可懼情狀如在目前使人覽之
不覺失笑盱衡立髮舌吐齒齘
而涕歎下乃可耳當今之世宜
莫如弇州而弇州譙尊歷下新
都不啻出口此弇州自為盛德
事非所以訓也夫兩公曾不若

屠長卿與吾孚如余亟服其持
論因語之曰雲間有馮元敏今
又有道行道行遜謝不敢當而
恨未識元敏別去二年道行門
人湯伯恩行其集于武林而介
孚如屬余序余以序屬穎故吏

致之又七年而道行門人潘士美來晉陽遺行嘗為士美序其集因問道行狀知余前序未至會過夏鎮伯恩為水部郎假之作致書郵而繹前序大指以貽道行盖其詩精采丰韻春容清

逸出入唐中盛間而多獨詣之趣其文氣骨本龍門體裁出昌黎而廬陵眉山輻湊並進博而不濫深而不譎華而不浮奧而不晦操縱闔闢沛然不禦而繩尺森然無越軼至其為春秋質

疑直探聖心無論左丘公羊穀
梁雖胡氏書世所奉為功令曾
不拾其脣吻學與才識有大過
人者宜其言自成一家也道行
當官守法恥養交趨捷而文練
習朝章國體郎職方時策九邊

如指掌所用将領畫機宜東瀛倭而西請朔方使竟其業必且紀大常載盟府不然而令直石渠金馬喉舌天言潤色皇猷詎不斕焉一代良史而為讒曰所尼淹抑不伸垂二十年惜哉夫

長卿孚如已矣獨道行元敏在
而元敏拓落一官在嶺海萬里
外其書行於世貴洛陽紙道行
年未艾掃軌下帷專心輯志鼓
吹六經揚扢千古與元敏方駕
以此傳信垂世孰通孰塞孰促

孰遠四明雲夢兩才鬼能無生妬耶

萬曆丁酉歲之長至日郢中友弟李維楨本寧父譔

楊冲所先生集序

蓋周自屈宋唐自李杜而下騷雅寥寥其絕響矣非無騷雅也夫人而能為騷雅也夫屈子以忠見放行吟澤畔噎塞精愷之氣一寓之騷如凄風驟雨迅雷

掣電宛轉反覆悲不自勝唐人杜甫值世多難仳離奔走而搦管不忘君國以故其詩味厚而氣雄使人讀之凜凜如見其人後之人往往櫛其句字與其聲調竄亂青媲白長韻而騷短韻而

雅故夫人而為騷雅而卒寥寥
者所重不獨文矣滁陽冲所楊
先生自甲南宮出守濮文章經
術兩無恙入佐大司馬西戡叛
東持危竭忠畢慮犂擘一世而
卒不免上官大夫之忌乃歸滁

以所未盡發之奇大肆其力於
文章蓋以古人之人為古人之
文不擬議而合無宮商而調即
屈子讓騷壇而杜公避雅席矣
今年秋先生適游虎林而集成
泉魯與錢塘湯令校付剞劂以

傳夫文因人重地因文重先生文固自奇然以先生人益重虎林多佳山水如三竺兩峯西湖南屏之屬枚入先生篇什而益重東魯與湯令幸俱承乏虎林又俱先生門下士而先生集又

適戍於虎林因得與劂剞之役而掛名末簡則又以地重矣是役也有三重焉顧非先生人即蹤雅并重矣

濟南門人季東魯撰

冲所楊先生集跋

曹子桓有言文章經國大業不朽盛事不使嘗竊疑之曰立言不朽盲史亦云至謂經國之業於文辭言何容易乃今讀吾師冲所先生文而信之矣先生少

年以文雄海内甲南宫而稍稍
試一割於濮業已剖經綸之芽
蜚聲紫庭入佐大司馬尚書郎
維時寧夏之役至抗王旅而海
島獍夷竟屋名王之社先生佐
大司馬帷幄戡叛將逐獍夷海

內外肅然洗甲兵而振威稜則
先生指授功居多經國大業業
睹一班會中忌者歸益以其牢
騷之意雄於文憑巖壑而嘯歌
臨屐槊而揮洒不啻盈篋矣今
年適游西湖之上郡守季公及

不使見而奇之彙為集付之殺青以傳既竣事發而莊誦無論忠君愛國之念往來楮墨間即讀其文辭魁梧磊落者足徵先生局慷慨激烈者足徵先生志湛泓淵渟者足徵先生藉煙波

浩渺者足徵先生致清貞毅直
者足徵先生操經國大業居然
如指諸掌乃令始信子桓之言
不誣也先生旦莫大召將以暴
所試之濮與未盡試於司馬與
所論著者見之行事之實以撫

方夏鞭笞四夷何有蓋見之行
事而後知先生之業之大者是
衆人之知先生也今日不佞從
先生文謂子桓知言要知世人
不從先生所建謂不佞知言哉
敬次其語於末簡以竢

楚郢門人湯沐撰

楊道行集卷之一

目錄

賦

楊道行集卷之一

全椒楊于庭著

賦

述歸賦有敘

萬曆二十年余以職方郎病免而會友人鄒孚如亦以文選郎自免于家其明年余罷又明年而孚如寄余述歸詩余讀而悲之既和其詩復爲賦寄孚如見同志焉賦曰

蹇余生之好脩兮獨斤斤而寡岐駭畏路之碨磊兮

腃余步而孤疑衆都盧之輕趫兮羌一跽而九達豈
不孫彼踔厲兮物有蠢而不移余幼好此嘉名兮命
巾車而騁馳朝跳蚰之九首兮夕格諸渠與三顱既
臨車之脤驥兮又中道而繫諸靈龜告余以迓御兮
著又申之以歸歟念美人之孑孑兮中怒焉其如饑
望浮雲之薈蔚兮傷秋風之不時蘭欲纕而先刈兮
蕭婀娜其多姿匪巫咸之促歸兮日冉冉其何能為
悲故園之蕪荒兮涕盈盈而誰語昔宣尼之去陳兮
抑斯人之無與誰爲仕而吟越兮鍾儀囚而操楚筍

覆盆之見照兮亦何必于懷土吁嗟默默俟河之清兮日月曷極蕖被碩果兮井渫莫食白日忽其將頹兮平原黲而無色念周周與蛩蛩兮猶比距而齗翼龍陽釣而泣下兮愳明誓之或忒余亦知夫良辰之不再兮氣鬱陶而填臆纖趍曲趍兮余不忍改此式也旋辟中墨兮又衆吻之所賊也葺茅茨以歸來兮聊胼胝而食力夜橫參而不寐兮心煩寃以反側重曰菅蒯蔽芾芷代殭兮歸來歸來聊相羊兮有美一人天一方兮豈無同仇誰與航兮

驅戇賦 有敘

昔楊雄有逐貧賦韓愈有送窮文凡以宣鬱抒衷用附孔氏各言爾志之義淵明有言夫導達意氣其唯文乎余業以戇廢矣居閒籌躇作驅戇賦比之二氏敢云肖哉

楊子既逐屏于田間衆猶嗥嗥聚蝱成山哆彼文貝群飛刺天九關峨峨一斥不還好我者勸庶其復然然即溺之衆曰惎旃衆曰惎旃亦既譁只雕蟲厚詬借箸蒙耻市虎齧人蜮沙含矢厥詈所繇戇故之以

迺叩靈臺呼癡與語胡汝從余斤斤自喜進不程時
退不量己不諧與人不洞事始自典方州汝則余適
幸而無鄙汝食寢此錢穀甲兵余則尸之方枘圓鑿
職汝之為人皆胸臆低眉解顏汝獨抗顏研研若蚩
人皆嚅唲足讋慄斯汝獨闊論眎人如遺人皆炙輠
如珠在匣汝獨螳臂怒而當車怨汝之的禍則余罹
懷璧其辜誰為我辭他人朝夕靈通與處曲鉤公侯
從車上儛而汝誤我齬齬齵齵辱在泥塗偕褐之父
妻孥尤余咎實在汝余靜汝愖余動汝鼓豈無他人

繄我是主借曰未知厥効可覩汝其行矣則莫余侮
戇曰唯唯爲謝主人余亦何負汝亦何嗔汝卹汝官
不卹汝身苟名之立黜也何憚不佞之先世有明德
昔佐王陵漢祖早識廷爭諸呂義形于色人臣之誼
陵也伉直繼事長孺中流砥峙招之不來麾之不去
布被丞相深文御史謇謇面折唯余先子輓近奕棣
肉食者鄙雖復膴仕千夫所指謂子高明少而習焉
譬之臭味維子之荃束髮從子抑亦有年成子之名
比干豪賢衆能嫉子子誼益篤寧玉而碎毋瓦而全

于姱節可以長久誓投四裔與子相守不謂末路
如敝帚刓方為圓于余何有余去不復誰為子友
繞指誘于塗澤而走顛指盱衡亦孔之醜戇詞既竟
目張色厲入之無泪請從此逝適彼首陽訪彼下惠
侘傺不顧壯夫所礪余乃避席自投于地庭實負予
予則何罪古人服義過亦不貳請終事汝亦又何懟
戇遂不去寧甘廢棄仲連有言貧賤肆志

攄志賦有敘

詩有六義其一曰賦班揚張蔡之屬流傳可

睹已潘左顔謝代遞降而旨寖以微唐以後
吾不欲觀之矣諒乎址地生有言唐無賦宋
無詩豈所謂時代所壓自不能超耶抑力不
至而強辭謂之無可也果比物醜類辯而有
體則明之詩固已軼宋而上駸駸乎大曆開
元矣豈其為賦必欲起兩漢諸學士于地下
哉余才謝古人而獨于此道有嫩躃千里之
想山居之暇作為攄志賦一篇以俟君子其
肖不肖勿論也

何大塊之載形兮繄吹萬之不同茫坱圠其無垠兮譬落英之委風或杜蘅之迴飈兮入洞房與離宮或堀堁以揚塵兮令嗢齰而惡中洵天地之為鑪兮羕糾纆其焉窮雖靈氛之蓴卜兮安吉凶之適從謇余少好此姱節兮蹈沾沾而擇趾淬昆吾之陸離兮扈夜光與芳芷朝晞余髮于崑崙兮夕濯足于弱水矢襞積其余跌兮曰獨胡繩其在此釋蹊蹻以委贄兮既連茹而拔茅際明兩之在御兮類二八之遝姚女奉帨而事人兮持窈窕之令操鶴鳴陰而子和兮聲

聞天而自皐羽赤白其狎至兮信九折之所遭慕詩
人之獨賢兮寧憏憏而劬勞煉五石以補天兮聚蘆
灰以止滔倘天河之可填兮亦何愛于一毛彼夸父
之重繭兮逐三足烏而不及庶幾告此羲和兮詔六
龍而緩御咍隙駒之不留兮望崦嵫而遽入擲連城
而弗賑兮珎碔砆而十襲刈九畹之種蘭兮何艾蕭
之戰昏傷騕褭之拳足兮眄九方而啜泣獰天吳之
九首兮更封狐之九尾嶷玄蠡之若壺兮掤逐人而
駓駓縛貳負于石室兮望燭龍而不理西施斥而務

面兮畫無鹽以爲美効枘方使就鑿兮盍從余而繞
指要天刑之安可解兮鯁既死而後已悲一國之三
公兮余何爲其在此既身世之兩棄兮從瞿硎之所
居謂亢龍之有悔兮斯上九之自詒叢桂枝之相繙
兮利飛遯而端蓍石磵硯以礧硊兮文連卷而爭巖
亮此中之避世兮胡王孫之不歸纚璠璵以爲珮兮
葺芰荷以爲衣餐沆瀣以爲粻兮挹三秀之在茲聊
偃蹇以卒歲兮長顑頷而不怡欲渙涊以遇合兮非
余心之所將繡鞶帨以再干兮詎河清之可量遺冉

冉而無成兮嗟鼓鼙于大行噭吳醴與楚瀝兮羞雞臃而鳧肪步彳亍以上食兮棄夫君之不嘗河洶洶以澎湃兮惜欲濟而無梁鷤鴂鳴而後時兮忽白露其爲霜心悄悄以誰告兮悲泰山之為隍寧溘死而不顧兮弔靈均與務光賈忌鵩而偪側兮莊畏犧而遁藏顧往者之不可追兮冀來者之可償唯天地之無常兮疇能測其倚伏弔騎兕之折髀兮何塞叟之不福駘几者而全年兮櫟不材而榮木豹養內而虎食兮毅脩襮而病入陰陽故而相讟兮豈余生之遣

獨謂天高而蓋卑兮或丘陵之為谷城濮兆而勝郢
兮羗亭適之轉轂莊多難而荆霸兮平宴游而晉臧
既夏祀之配天兮胡厥考之黃熊嘆勳華之何繇兮
踦二嗣之肖躬跖何脩而壽耇兮回何辠而短凶姬
既佐之風雷兮何必臧之避東孔既畀之素王兮何
畏匡而阨窮顛躓長而不及腹兮即司命其矇矇或
前咷而後咲兮或初昭而竟聾或一轍之交亂兮以
是始而亦以是終隷首之所不能紀兮余又安得而
問之蒼穹兮昔鼈令之殪亡兮何起死而代位及蜀鵑

之啼血兮曾不知其望帝微漦流于夏庭兮褒亡姬于千歲夢勝天以號牛兮肇庚宗而家豎禍宮而需疆兮遂叔孫之不記禍郈伯之忽諸兮由鬬雞之金距竇之代而涕泣兮後昌熾而卜世呂廣姓而兩王兮卒繫纍而戮市弘六十而牧豕兮俄丞相而封侯駟麗眉而為郎兮嗟三世之不援青入奴而受笞兮貴震主而誰侔廣猿臂而數奇兮對刀筆而自羞姜昌姬而鼓刀兮管霸桓而射鉤唯前途之不測兮亦安邀其厥繇雖西隣之責言兮心無瑕其曷求抱

區區以自白兮猶蹭蹬而百憂胥鞭楚而褁皮兮信
剄項而剸矛偃濟河而投璧兮介焚山而避蒐斯丞
相而五刑兮勒大尉而犴因敖佐芈而矢薰兮子負
薪而優謳條龕吳而相漢兮縱入口而自劉所貴至
人之知命兮齊死生而悠悠嘉王孫之羸形兮與羸
慱之一缶嗤驪山之錮泉兮彼牧豎其何仇故數有
所不可知兮言有所不必酬竈占火而妄辞兮僑靳
王而不與熒守心而宋殃兮景一言而遽徙曰六合
之外不論兮余不知其所起彼牛哀虎而噬昆兮黎

仜鬼而刺子樛天道其焉如兮唯人道之則還攬余轡以騁馳兮顧無儔而長吁悲世俗之迴隘兮將弭節于八區召玄武使驂乘兮策勾陳使前驅吊虞帝于蒼梧兮胡二妃之不俱謂風伯為我驅煩兮覲蓐收于金樞閶軒轅之千歲兮聊盤盤以娛余觴王毋于瑤池兮莞戴勝而見貽呼馮夷使擊鼓兮迎伊浦之宓妃覲霏霏于紫宮兮拱肅肅于太微命王良使掌駟兮問畢星之狩期諏貫索庶幾使刑錯兮胡翕舌而南箕織女告余以流涕兮謂靈匠之無時余亦

為之欷歔兮坐支機而歌詩歌曰雎鳩關關在彼中
河有美一人忘我實多望而不見我勞如何羗余託
于遠游兮挾明月以飛僊蒐招搖以如旆兮意侘傺
而若惛呼巫陽以大招兮望故岑而返旃返故岑兮
嵚崟下焱風兮白雲深稅余車兮駐余馬拄余笏兮
抽余簪貶疇昔之濯放兮收無涯之逖心既栖志乎
無為兮又游藝乎翰林羅百家以為囿兮獵千秋以
為禽感南榮之遺誡兮佩老氏之微音爰朝乾以夕
惕兮愳負荷之不任昔庶女之告天兮召齊臺之震

霆及賤臣之叩心兮屆六月之霜零廣射石而鏃沒

兮基矯矢而猿驚非壹誠其曷通兮矧躭精于道真

要沒世而不朽兮唯先民之我師漱姬孔之餘潤兮

何向郦之足追陋嬴行于桑扈兮斥髡首于接輿步

漆園之傲吏兮偕萊子之逸妻布被寧正之不足兮

夫子康而自知苟圖書之娛老兮又烏知夫貴賤之

所之系曰有鳥有鳥鸑鷲姿不逢羊角棲鷦卑隱蒿

戢翼志轉大放情游意八極外天門蕩蕩不可上松

子吾歎意惆悵幽討六籍樂有餘灑然忘筌在得魚

楊道行集卷之二

目錄

騷

隱放

惜時日

思美人

攄壅

天卜

楊道行集卷之二

全椒楊子庭著

騷

九發

屈平放逐乃作離騷自是而能言憤世之士託焉謹倣作者之意述九發

遠游

余幼狎此風湍兮衆擘予而遠游綰青絲以為筐兮飾木蘭以為舟扈留萬與揭車兮佩明月與瓊玫朝

涉三湘兮夕憩九數苟余行之不迷兮雖邈邈乎何有伊余遘此重霾兮羌又申之以烈風榜搓搓而不前兮舲擊汰而覓竆獰鯛象之出沒兮天吳見而怵予畏馬銜之當蹊兮駭匌匌而見毬曰余濟此西澨兮迄滔滔而何之佇九畹之滋蘭兮何菸邑之太遽奄嚴霜之霏霏兮惜恢台其去女吾謂羲和兮望崦嵫而緩御羲和告余以不可留兮歲冉冉其誰與傷美人之遲暮兮中結軫而不語苟蕙質之必捐兮則何以異于衆華洵嬌旋之不若兮長顑頷亦何譁唯

靈脩之不營兮萷橚槮而涅沙悼余生之不辰兮逢
斯世之煩拏將𢍰韝朐脃以從俗兮余不忍改此度
也寧胡繩纚纚以自穀兮夫唯靈脩之故也鵜鴝嘍
夫荇藻兮鳳翩翩而不顧也俊不必顯兮善不必親
姬公居東兮仲尼旅人遡前躅而皆然兮余侘傺矣
獨嗔將塊然以婞節兮誓硜硜而終身

糾紛

羌何爲兮糾紛吁嗟默默兮獨罹此氛羽書馳兮若
雲天狼驕兮縱橫枉矢飛兮夜驚重鎧兮短兵衆介

馳兮左輪朱殷皇天對懟兮何時平何時平兮務未極有美人兮太息太息兮何為挽天河兮恨無力膏余車兮秣余馬願為國殤兮棄原埜棄原埜兮爭同仇徼天幸兮與神為謀殪旄頭兮歸休歸休兮大酺獨泣兮向隅時不可兮再得極勞心兮踟躕

誨尤

余何為兮硜硜蹇余賦兮獨行際陽氣兮稟征籥樞機兮秉成既累黍兮量盈朒余步兮不寧未可揉兮未可揉孤一意兮寧知繇衆咍余兮何不為繞指柔

余怳怳兮唯余趾之所投羌蘭櫂以汎汎兮或中流而窣之犬狺狺以迎吠兮黽渥哇而匝池廣張天門兮余將八翼而上之畏九關之峩峩兮闇鬗鬗而九首余使巫陽占之兮曰逵失援而何有𡠗悄悄而内咎兮宜不諧于衆口衆口兮馬窮猨啾啾兮嘯風山之上兮懞懞思夫君兮心忡忡

遁世

時不可兮夷猶羌何為兮淹留繚杜蘅兮為屋又芳荃兮為舟望江皐兮夕歸若有人兮睠之魚有罾兮

獸有機豈不與君有成言兮不可爲嬃既申申而詈予兮椒又中道而間之羗不可以戶說兮心侘傺其誰理曰余樹此嘉橘兮踰江爲枳罔之亡故兮脩姱自喜既不周于今之人兮惡居于此及年華之未晏兮鞅逃邅而庶止亂曰有羝觸藩進退谷兮伯樂已歿驥瑟縮兮歸来歸来鳥擇木兮石瀨淺淺娱心目兮

重謗

世路兮崄巇獨何辜兮丁此時怯虛弦兮骨驚雖混

跡兮不夷既杙噐兮中路又含沙兮歎之吁嗟傷乎哆侈兮南箕磕磕兮撼余羞紉蘭以纕荃兮曰薋菉葹而御之娟蛾眉之窈窕兮嫫母謡詠而去之吁嗟傷乎謂參殺人兮謂由盗冠謂跖好脩兮謂夷貪婪謂珵爲礪兮舍此琅玕芳澤雜糅兮莫知其端亂曰鷃鴂先鳴卉摧殘兮虎豹侁侁天門寒兮燭龍不来霾淼漫兮泥污后土何時乾兮

憝放

曒之照兮離離又重雲兮蔽之陰曀曀兮不開雷塡

填兮怒余昔侍君兮銮輿道兮龍旂兮兩螭君佩余兮
玉魚又申之兮明月珠誓從君兮白頭長歡樂兮不
憂君棄余兮若遺置蘼蕪兮道周老將至兮色衰恩
有時兮畢休紛總總兮九州羌何爲兮獨愁去故都
兮一方放江南兮水濱喜窺人兮魑魅狎朝夕兮鳧
鷗搴芙蓉兮江畔將以遺兮所思望靈脩兮九重羌
有心兮不知又揳瑟兮吹竽聲中節兮觀者忘歸君
不聞兮此悲鬱嵯峨兮間之固吾命兮柰何孰忘憂
兮可爲

惜時日

天墬大兮胡不容日月照兮不知此恫烏西馳兮不再中往者不可追兮悲余窮悲余窮兮長太息斮兩足兮玉爲石剖比干兮七竅裹鴟夷兮潮汐牛與驥兮一皁鳳在笯兮鷄食從彭咸之所居兮衆不忍懟此極也羲倚柱而嘯歌兮又耿耿此漆室也老冉冉以將至兮歲云徂而不及登終南以長眺兮望京國而日遠見韓衆以長揖兮問靈脩庶乎一顧衆害余以不可幾兮户服艾而夸毗寧吸沆瀣以長生兮何

必懷此故宇余謝衆而雨泣兮蓼自甘乎食苦薺食
苦兮不言非憭夫君兮依依願一見兮搴衣恨無羽
翼兮奮飛

思美人

夫何天之降割兮亂不夷既放逐兮猶此悲甚猰㺄
兮內訌愁鯨鯢兮不支苦介胄兮蟣虱勞轉輸兮漏
危艎洪流以中汎兮漾不知其所之或告余以柁折
兮湍礚礚而殆余何不為我謂榜人兮呼長年三老
而操之曩朝歌之鼓刀兮文後車而載之暨檻車之

賤俘兮桓北面而拜之洵王伯之巍巍兮何外侮之忞
能為羞蕭艾之薦豆兮刈芳蘼而無色陟太行之巔
岁兮駑蹦蹦而跛鼈豈無王良與造父兮求執鞭而亟
不得雜莧蕗于巖蒸兮東蒿矢而射華志欲憾而不
憯兮愍脩程之叵測亂曰黿鼉游兮鳳不食國空洞
兮患徽纆山有木兮鳥有翼思美人兮無終極

攄壅

哀斯人兮不淑爭諓諓兮嗌喔朝曾史兮夕跖腹便
便兮炙轂閬不聞兮鵷鶵紛何聒兮鸜鵒薦冠屨兮

共絇縲茅絲兮一束顏拾塵兮胥疑尹掇蜂兮被逐悲申徒兮自沉泣東門兮抉目歌綿上兮立枯封介山兮不獲思古人兮有之羌何為兮獨哭既不才兮合休何巫咸兮可卜溜淺淺兮石瀨松陰陰兮茅屋攜壺漿兮獨酌挾琴書兮一簾家尸鄉兮祝雞飲上流兮牽犢年滔滔兮不待絃苦急兮柱促獨攄壅兮強顏望天畔兮躑躅亂曰尸不可說誰為壅兮泰山為隍心懆懆兮有美一人歸無從兮何以攄志紛芙蓉兮

大卜

屈平既放三年不得復見顔色憔悴形容枯槁楚王聞而憐之使上官大夫問之以弓曰寡人不使不能獨任社稷之事將虐執珪以待子以子之悖直誇名敖而無上是用遜遺寡人願從行抑志以聽令尹司馬非子而誰子其圖之屈平憤慼不知所對使靈氛卜之以篿曰孰吉孰凶余安所從氛釋卜而對曰夫地傾東南天缺西北造物有所不通聖喆有所不及故鳧脛不可續鶴頸不可截飛者不可使角走者不

可使翼君能登澤而前自擠旋手持方枘入圓鑿無
悵鬱乎刈留萬與揭車纕蕭艾乎能腊葦以絜楹乎
富貴乎將攫金不見市人乎雖鞭之長不及馬腹能
違天乎語有之君行令臣行意意有所必之筳篿不
能與知其事屈乎乃肅使者稽首而謝曰臣唯不能
以身之察察而受俗之汶汶以有今日也使臣攺心
以事君而君又安用臣且臣已矣唯君王幸加餐遂
沉江而死

楊道行集卷之三

目錄

樂府

丹霞蔽日
鳴鴈行
白紵歌
樂府二首
四時子夜歌四首
龍蛇歌
倚柱操
越人歌
黃鵠歌
瓠子歌
濮上歌
平寧夏鐃歌八首
太師嘆二首
黃淡思歌二首

楊道行集卷之三

全椒楊于庭著

樂府

善哉行二首

百年一身逝日苦多乾喉焦唇我勞如何解一仙人王喬授我匕藥挈游蓬萊吹笙騎鶴解二我謝仙人不願瀛島但願為樂可以忘老解三猛虎噬人不避賢豪一國三公心焉忉忉解四何以解憂惟有飲酒金玉滿堂莫之能守解五聽彼壯卬躊何嘐嘐莊周何人逍遥我

師解六

二

堯舜無為天下晏如秦皇任智衡石程書解一務光潔

身九州一毛而世營營競于錐刀解二九載無成鯀乃

就殛我儕小人朝不謀夕解三檻車之囚為諸侯師鮑

叔一言釋而用之解四夫差強覇以有謀主及任宰嚭

身為囚虜解五伯陽猶龍其道和光江海納污為百谷

王解六

獨漉篇

獨漉獨漉鉏鋘渦洑鉏鋘猶可長鯨殺我我謂長鯨勿倚風濤濤落失勢螻蟻嘈嘈邑邑雙鴈嗟藻河畔誰為蕚兮今子孫散汎彼栢舟亦泛其流瞻彼中衢茫茫者蕕我欲刈蕕畛畦間之羞濫不試銛刀何為

秋胡行五首

履滿持危安知稅駕期履滿持危安知稅駕期日中則昃月盈則虧功成不退纍尸鴟夷東門牽犬喟嘆何為歌以言之安知稅駕期

二

白頭如新何如知我心白頭如新何如知我心如彼涉水誰知淺深子期已死悠悠知音延陵皮相披裘拾金歌以言之何如知我心

三

末世論交市道何其多末世論交市道何其多陽為然諾陰尋干戈勢在附羶勢去張羅嶮巇羊腸洶洶風波歌以言之市道何其多

四

茫茫九州願得凌雲翔茫茫九州願得凌雲翔仙人

衆授我藥方瓊瑤爲珮沆瀣爲漿鍊形易色后彫三光歌以言之願得淩雲翔

五

采采榮木鬱華能幾時采采榮木鬱華能幾時四十無聞終焉可知靜言孔念中心悵而飲醇食肉樂天奚疑歌以言之鬱華能幾時

公無渡河

公欲渡河止公勿渡天吳出沒河伯震怒長鯨磨牙罔象當路殺人如麻胃骨不顧公不我信忠言何爲

被髮亂流公竟渡之中流不救悔其可追箜篌一曲千古所悲

門有車馬客行

門有車馬客盡是珠履人四座戎華轂夾道馳朱輪長跽問名姓知為同鄉親與子別已久相思難具陳我為浮名牽忽忽二十春紅顏豈如昨素髮歸来新訪舊半鬼録涕下還沾巾存者日以老沒者長蒿塵日月尚代謝何得百歲身爽鳩復安在雍門空悲辛大運既如此俛仰從高旻

燕歌行

秋日凄凄百卉腓檐霜捻捻沾人衣朔雁南下巢鷰稀愛而不見心依依思君鬱陶不可揮寸心雖在紅顔非歲聿云暮君不歸魚有比目鳥雙飛妾獨何辜守孤幃皎皎明月侵庭闈秦筝趙瑟停音徽寒蛩唧唧鳴絲機牽牛織女遥相睎引領淚下霑雙扉

悲歌

富貴不如適意他鄉不如歸蠶歸馬嘶不行鳥悲不飛欲駕車無軏欲渡舟無楫有情不可道有淚空在睫

山人勸酒

漠漠高山曄曄紫芝與其富貴而畏人孰若貧賤長逶迤避秦不出事漢何爲劉季嫚罵逃而去之國本數撼意在戚姬大臣强諫一木不支乃公一言定不踰時翩翩鴻鵠矰繳安施偉哉四山人相勸一杯酒漢家社稷功豈在蕭曹後功成歘歸山緤組復何有斯人不可見清風滿人口

雙燕辭

雙燕雙飛雙燕雙巢金屋誰不羨可憐尾涎涎玉堂公

乎時相見黃口小兒不解事持竿探巢卵墮地吳宮火焚巢亦空樵悴羸雌思故雄故雄難再得春至只孤栖豈無王謝堂前侶忍復雙雙對啄泥

猛虎行

孝不入勝母里廉不飲貪泉流貪泉非令名勝母道所尤沮洳不可居志士多苦節焉知溷泚毛不為王公羞桃李自成蹊營營何所求

東飛伯勞歌

東飛伯勞西飛燕黃姑一歲纔相見誰家少[illegible]

眉含愁不語停針時停針更停激楚舞一曲[illegible]

如雨少婦容顏花不如年年織錦寄君書[illegible]夜夜

相思老顏作陽臺雲亦好

結襪子

少年結客平陵東手提匕首如旋風一諾言便許嚴仲子為君屠腸都市中

丹霞蔽日

丹霞蔽日白虹亘山種蘭九畹化為草菅猿啼木末鴻淚雲間日不再中彫此朱顏古來有之我何煩冤

鳴鴈行

八月朔風吹鴈来啣蘆夜度陰山雪裏瘡有翅飛不高失侶孤號眼流血何来弦發虛相驚撥刺墜地毛翮輕小兒畜鴈若野鶩幸免玉饌須臾生傷心阻絶随陽伴矯足猶然時一鳴

白紵歌

吴娃二八羅縠輕皓齒玉指調秦箏七盤一曲四座驚垂手頓足如有情左按右拍旋風生纖塵不動含態清可憐一顧傾人城盛年不再西日傾常恐零落

悲秋英及今蹋歌莫停聲

樂府二首

西域椎髻多願與漢家和公主自作黃鵠歌張騫鑿空將柰何

二

酣戰日至暮殺傷不知數單于自乘六驘去輕騎欲追雪迷路

四時子夜歌四首

春風太輕薄春日亦容冶歡看出岫雲誰是無心者

二

儂家並頭蓮更摘雙蓮子低聲向蓮拜與歡願如此

三

桂花秋来香桂子月中落但願歡百年不願竊靈藥

四

雨雪積如山日出忽不見歡心不自持勿謂儂心變

龍蛇歌 有序

龍蛇歌者介子推作也晉文公賞從行人不及子推子推作此歌遂隱于綿上以死也余

獨以爲子推誠無求則是歌可無作豈其志
未廣耶已讀左氏則子推實無是歌史記所
考據或出于好事者之口然皆未可知矣
牛有阜兮雞有塒一蛇無穴兮龍莫之知嗟苦先生
兮獨罹此悲身將隱兮焉用文之

倚柱操有序

倚柱操者爲魯漆室女作也漆室女倚柱悲
吟或問之曰欲嫁乎女曰吾憂國無人心悲
而嘯豈爲室家哉遂自經而死余哀其意爲

之援琴而託其聲焉

山則有榛兮隰則有葭國無人兮亦孔之嗟心之嗟兮誰曰余未有室家

越人歌

木蘭為櫂兮桂樹為舟今夕何夕兮得與王子同遊搴杜若兮河渚欲維舟兮時不我與臨中流兮悲歌君不知兮可奈何

黃鵠歌

悲夫黃鵠之翩躚兮雲間翱翔一朝失雄兮三年感

傷宛頸獨宿兮不與衆鳥匹雙思故偶之比翼兮泣下數行嗚呼哀哉兮糾纏孔多喪此伉儷兮誰為網羅命之不造兮寃如之何誓將終焉兮唼藻清波

瓠子歌

瓠子決兮流湯湯愁吾人兮獨罹此殃刑白馬兮沉玉璧從官勞兮薪不給薪不給兮將柰何揵淇竹兮捍洪河為我謂河伯兮就驅東塞宣防兮復禹蹟

濮上歌

吳趨隔江甸齊謳阻山阿四座且莫喧聽我濮上歌

濮上自有始請從帝丘起帝丘何嵬嵬聳跡顓頊氏欽明放勳烈陵墓歷千祀三舍楚師熸一匡鄄會美桓文兩創覇經略咸自此睨衛卜遷吉崇墉積百雉延陵爲歌風其國多君子越茲彌末代賢哲難勝紀達哉漆園吏把竿釣清沚亦有持匕首任俠寧論死汲公震漢廷挺挺光青史思王八斗才曾此剖玉璽我登昆吾臺長嘯何能已

平寧夏鐃歌八首

邕熙

邕以熙　皇明昌　十一帝御八荒貢鐵勒臣氐羌
窫窳誅魍魎藏豢降胡如犬羊吏不戒禍乃萌咄哱
賊反天常頻有徒窺朔方　皇出師威肅將車彭彭
旆央央

扼靈州

靈之城賊覘之　皇謂要害趣據之趣據之介士馳
扼賊之吭批其頏頏可扼頏可批旋頭可掃趣殪之
我　皇有勝算談笑制四夷

藁竿

守臣嬰城遏寇賊有弁望風輒奔北 皇怒趣遣緹騎亟蒿竿以狥衆戮力電掃霆擊震八極噞尒金魚假餘息

賜劍

王師征迄三時賊勾連紛以滋吏失御威乃隳睠西顧 皇曰咨維尚方劍陸離詔大帥趣賜之劍之頒迅霆馳佈匈奴讋月支劍之至爭死綏不用命孥戮之劍之動神物悲水斷蛟陸剸貔劍之歸平賊期御明堂坐受之

灌寧城

決黃河河水轟灌寧城與城平　皇動文告猶緩兵萬人為魚軫　皇情軫　皇情萬堞傾雖有鐵騎不得橫行雖有金繒盟無所成賊徒蹂躪中夜驚兵革不煩內變生赫赫　皇略垂駿名

賀蘭山

賀蘭山山以北旃毳充斥胡赴賊為我謂胡漢過不先旃毳信充斥安能渡此黃河邊黃河洶洶笳吹烏烏一軍細柳一軍飛狐左殪休屠右殪骨都賀蘭山

拾遺鏃飲胡之血嚼胡肉賊知無救但慟哭

朔方平

幺麼小醜亂朔方四鎮精卒爰啟行　皇曰緩攻念殺傷區區螳臂胡為張迅掃攙搶及天狼照耀八極日月光

大賚

受脤出歌凱歸告成功坐垂衣維我　皇念子遺獨何辜丁亂離詔司農趣賚之　皇之賚出內帑及瘡痍生以養　皇之賚蠲歲租復勿事仍大酺　皇之

賚詔書下厥脅從金鷄赦　皇之賚使者來犒三軍懽如雷懽如雷感以涕顧我　皇帝壽萬歲

太師嘆二首

苴拾時事而託之乎田畯紅女之響此亦洗兵馬留花門之遺而樂府之變也存之

何當快樂無憂丞相特進太師負扆以朝諸侯解一父兇不顧私親　皇帝吞書王臣燕見禮如家人解二驟貴黃口小兒四方賂遺不訾木難珊瑚火齊解三諫者榜掠桁楊斷養跋扈侯王法令東濕探湯解四太師壽

命不延特賜繒絮金錢更為象家祁連辭五縣官丞用

窶人數言吾家將軍上書告寄紛紛辭六　君恩逝水

不還緹騎使者出闌籍没金寶如山辭七琅璫對簿可

憐大者自殺呼天小者鬼薪二年辭八為德不及没身

向来刻覈不仁天道好還勿嗔辭九

二

閃如龍哮如虎夥沉沉太師府太師晨入朝大者三

孤九卿次且白事傴以僂小者省臺噤不語太師玩

之如掌股辭一九邊大吏仰我鼻息如臂使指亡不嚮

勅邊有天幸解一單于請朝明年永偃兵革儋耳以南陰山以北亡不頌　天子神靈太師功德解二太師請急皇帝不許朕亦有父奄棄萬國朕避何所惟太師亦自謂漢相尊坐蓋侯西向父不得子小人不信予則孥戮汝解三朝賜太師夕讌太師有妾男子上書執而笞之以禦魑魅投四裔太師稽首言臣糞土幾息帝曰俞詔有司世世胙于太師解四太師幸臣馮子都脾睨公侯如罵奴身毒之寶波斯胡犀毗嵌着明月珠黄金如山誰敢沽象床八角垂流蘇駝背熊胹分

御厨蜀錦胸背盤天吳太師堂堂府中趍解五萬里不復春縣官詿怒嗔詔削爾籍籍爾子孫一錢不得着其身吁嘻乎願攝爾魂訴　至尊臣亡狀負　陛下盈廷亡諱大阿獨持敝帷敝蓋臣自知於戲政柄旁落時　陛下卒念故太師解六

黃淡思歌二首

淚作綆縻垂腸作車輪轉寄郎錦裲襠相思不相見

二

歸歸黃淡思思郎無已時郎向代州去馬頭絡青絲

楊道行集卷之四

目錄

楊道行集卷之四

全椒楊于庭著

四言古詩

皇之武

皇之武頌　皇武也　皇帝二十年哱賊以
寧夏反　詔遣尚書魏學曾等討平之于是
復其民一年吏民詿誤者赦不問臣于庭時
爲職方郎中爰拜手稽首作頌云

龍旂陽陽鉦鼓鏘鏘　皇赫斯怒征彼朔方朔方既

平四方載寧不貳不疑 天子之明

勞勞饑氓 帝曰餉之蠢蠢胥從 帝曰放之浩浩

皇仁四方象之

迺 郊迺 廟迺賜大酺迺橐干戈迺鳩其逋赫赫

皇靈覃及蠻貊 天子萬壽莫不重譯

皇之武三章二章章八句一章章六句

揚之水

懷鄉子也

揚之水石泚泚兮或樹之橘今為枳兮

夢澤之陂可以釣魚夢澤之麓可以卜築

有蕘者旦芸其落矣彼其之子[口氣]其作矣[口氣]其作矣

從子于秣矣、

楊之水三章二章章四句一章章六句

榜人

諷也

汎彼中流風則颿矣念彼榜人舟搖搖矣

汎彼中流不知所屆豈無榜人如彼邁邁

山有木工則度之小人有嘵嘵君子莫之周公吐哺

天下若之

榜人三章二章章四句一章章六句

自勖詩八首

昔韋玄成作自勖詩張華作勵志詩陶潛作榮木詩皆以創往圖終用攄所志余讀而韙之爰倣四言亦得八首詩之工拙姑亡論云

我楊自漢七葉珥貂光光海寧爰止于譙如木斯蔓
如泉斯澆里有祭酒視民不恌

二

海寧四世施于西疇世有明德維乃之休我祖询沫

于何不迴還金折券千夫所謳

三

於赫西疇天作之配並此鹿車贈之雜佩爰誕先公

厥流瀸瀸施于小子其德靡悔

四

嗟余寡陋胚胎前光遂登仕版齒于鵷行　天子庸

我被之龍章是曰餘慶小子無良

五

維余小子不度而佻嘖嘖煩言維我之招　帝猶三
宥云何不饒董削章服編于蒭蕘

六

赫赫朝籍自我黜之明明廟祭自我辱之口為禁闥
舌為發機我則不戒悔其能追

七

鵷雛遠害不羞卑棲靈龜避羅不恥污泥一龍一蛇
道故不迷没齒何學丈人灌畦

八

禍不虛生禍亦易至惟口興戎惟儆叢刺先民有言
夙興夜寐借日未知亦既顛躓

萬曆八年進士